행복의 선택

행복의

우애령 에세이 · 엄유진 그림

선택

하늘재

작가의 말

이 책에는 내가 다양한 장소에서 만났던 사람들의 이야기가 담겨 있다. 때로는 웃고 울며, 또 기뻐하고 낙담하며 살아가는 사람들의 이야기를 함께 나누고 싶었다.

《행복의 선택》을 읽는 이들에게 "당신은 잘 지내고 있습니까?" 하고 인사를 건네고 싶었다.

'잘 지낸다'는 것은 과연 무슨 뜻일까.

아마 몸과 마음이 다 안정되고 평안하다는 뜻일 것이다. 대체로 자신에게 외부 상황이 호의적일 때는 잘 지낼 수 있지만 그 반대의 경우라면 잘 지내기가 쉽지 않다. 그렇다면 우리는 외부 상황에 따라 마음의 균형을 잃고 언제나 흔들리며 살아갈 수밖에 없는 존재인가.

현실치료의 창시자이며 정신과 의사인 윌리엄 글라써는 '그렇지 않다'고 말한다. 우리에게는 평안함을 선택할 수 있는 내면의 힘이 있다는 것이다.

우리가 일상의 소소한 행복의 순간에 다가가, 그 순간에 좀 더 머무를 수 있는 내면의 힘을 기르려면 어떻게 해야 할까?

첫 상담 에세이집 《사랑의 선택》을 2003년에 펴낸 후 《자유의 선택》, 《희망의 선택》에 이어 《행복의 선택》을 펴내었다. 2012년에는 기존의 글들을 간추리고 정돈하여, 새 글을 함께 실어 《행복의 선택》의 개정판을 내었다. 2015년 마음에 관한 에세이와 심리치료 대가 열 사람의 이야기를 담은 《마음의 선택》을 발표함으로써 다섯 권의 '선택' 시리즈를 완성했다.

이십여 년에 걸쳐 어떤 상황에서도 그대로 표류하지 않으면서 더 나은 선택을 할 수 있다는 이야기를 꾸준히 써 온 셈이다. 이제 세월이 훌쩍 지나 《행복의 선택》의 새로운 판본을 선보인다.

즐거운 사람들, 아름다운 사람들, 꿈을 지닌 사람들의 이야기를 다시금 전하게 해 준 출판사 하늘재와 편자이씨툰의 작가 엄유진 님에게 깊은 감사를 드린다.

2025년 늦가을에

우애령

어머니의 행복 이야기

　행복이 무어냐고 진지하게 여쭈면, 어머니는 "얘, 인생이 행복하라고 있는 게 아니야, 비관하면서 재미있게 살라고 있는 거지"라며 웃곤 했다. 그럼에도 어머니는 상담 에세이 '선택 시리즈'의 네 번째 테마를 '사랑-자유-희망'에 이어 '행복'으로 선택했다. 2010년 출간 당시 삽화를 그리기 위해 원고를 읽으며 접했던 자유의지 개념과 현실요법 이야기들이 새롭고 흥미로웠다.

　15년이 흐른 지금, 기억이 흐려져 더 이상 글쓰기가 어려워진 어머니와 함께 《행복의 선택》 재개정판을 내게 되었다. 감수 과정에서 어머니와 글을 한 편 한 편 다시 읽다 보니, 이번에는 상담이론보다 삼 남매의 엄마이자 직업인으로서 살림과 강의를 병행하며 이어 갔을 어머니의 삶과 생각들이 생생히 읽혔다. 틈틈이 컴퓨터 앞에서 글을 쓰다가도 끼니때가 되거나 누군가 도움을 필요로 하면 바로 문을 열고 나왔던 어머니는, 고단한 와중에도 이야기 짜는 즐거움에 차 있던 기억이 난다.

어머니의 기억은 지금도 빠르게 소실되고 있다. 하지만 망각과 혼란 속에서도 가능한 한 웃음과 감사를 선택하는 어머니를 보면서, 대수롭지 않게 여기기에 오히려 더 쉽게 찾아오는 것이 행복의 속성이라는 것을 느낀다.

책을 내는 과정에서 십수 년 전 바로 내 옆에 앉아 골똘히 생각에 잠기던 호기심 많은 어머니를 다시 만나는 것도, 잊혀 버린 이야기들을 통해 지금의 어머니와 새로이 마음 닿게 되는 것도 나에게는 행복한 일이었다.

어머니가 기억을 잃기 시작한 뒤 다시 나오는 두 번째 에세이 《행복의 선택》이 많은 이들에게 따뜻한 온기로 전달되기 바란다.

2025년 초겨울
우애령의 딸 엄유진

프롤로그

스스로 삶의 선택을 할 수 있는 힘은 누구에게나 있다고 주장하는 글라써 박사는 따뜻한 느낌을 주는 사람이다. 그의 탁월한 유머 감각은 곁에 있는 사람들을 즐겁게 해 준다. 학회에서 한 사람이 그에게 근엄하게 물었다.

"선생님의 학설에 반대하는 사람을 만나면 뭐라고 설득하고 싶습니까?"

그는 웃으면서 간결하게 대답했다.

"그냥 좀 내 곁에서 떨어져 다른 데로 가 달라고 말해 주고 싶습니다."

학술적인 논박을 기대했던 사람들은 일제히 폭소를 터뜨렸다.

현실치료 창시자인 그의 이론을 처음 접한 것은 1991년 11월, 현실치료 전문가 과정 워크숍에 참석했을 때였다. 1996년에 방한한 그를 만나 통역을 하면서 더 가까워졌고 그 이후 20년 가까이 그의 선택이론을 따르는 현실치료를 공부하고 가르쳤다.

그는 1925년에 태어나 학부에서 화학공학을 공부하고 대학원에서 임상심리를 전공한 후, 의과대학을 마치고 정신과 의사가 되었다. 그의 경력은 다른 사람과 비교해 볼 때 좀 독특하다.

인간을 움직이는 근본 동기가 생존과 사랑, 힘, 자유, 그리고 즐거움이라는 다섯 가지 욕구를 충족하려는 성향에 있다고 갈파한 그는, 나이 들수록 인간의 선택과 인간관계에 더 집중했다.

"우리 삶에는 정말 선택의 여지가 없는 상황도 있지 않습니까?"

학회 참석자의 질문에 그는 이렇게 대답했다.

"우리가 그렇게 생각할 뿐이라고 나는 믿습니다. 예를 들어 내리막 비탈길에서 브레이크가 고장 난다면 어딘가에 부딪히지 않고 서는 것은 거의 불가능할 것입니다. 어떻게도 다른 선택을 할 수 없다는 생각이 들 수 있습니다. 그렇지만 우리는 아직 핸들을 어느쪽으로 돌릴지를 선택할 수 있습니다. 사람들이 있는 쪽보다 사람들이 없는 쪽으로, 담벼락보다는 숲이 있는 쪽으로 향하려고 해 볼 수는 있다는 것입니다."

'선택'이라는 개념은 그 말과 짝을 이루는 '운명'이라는 말과 대조해 볼 때 인간의 잠재적인 능력에 더 큰 의미를 부여하는 것이라고 볼 수 있다. 그리스의 비극인 《오이디푸스》의 주인공은 결국 신탁이 정한 운명을 벗어나지 못한 채 자기 아버지를 죽이고 어머니와 결혼하는 비극적인 운명에 처하게 된다. 예언자를 통해 나라에 역병이 돌게 된 이유가 자기 자신임을 알게 된 그는 망연자실했다. 어머니이며 아내였던 이오카스테는 자살하고 그는 사실을 보지 못했던 자신의 눈을 찔러 맹인이 된다. 죄를 지은 땅에 머물지 못하고 떠나는 그를 위해 그의 딸 안티고네가 방랑에 따라나선다. 거대한 운명의 힘을 이야기하는 압도적인 비극 속에서도 그들은 궁극적으로 어디로 갈 것인가를 선택해야 하는 기로에 서게 된다.

글라써 박사가 친구 이야기를 들려준 적이 있다. 자신이 '선택의 힘'에 대해서 이야기하자, 친구는 '선택은 환상일 뿐이지 인간에게 실제로 선택의 여지는 없다'고 하면서 비웃었다.

그 친구가 어느 날 라스베이거스의 도박장이 있는 호텔에 묵게 되었다. 그는 방에 들어서자마자 바로 문을 잠그라는 호텔 측의 당부를 깜빡 잊고 가방을 안으로 밀고 들어갔다. 그 뒤를 강도가 따라 들어왔다. 복면을 한 강도는 총을 겨누며 외쳤다.

"순순히 지갑을 내놔. 안 그러면 쏘겠다."

생사의 기로에 선 채 그는 선택해야 했다. 지갑을 주든지, 저항하든지, 설득하든지… 그는 순간적으로 내뱉었다.

"지갑은 줄 수 없다."

이번에는 강도가 선택할 차례였다. 지갑을 주지 않으면 쏘겠다고 했는데 지갑을 못 주겠다고 했으니 권총으로 쏠 것인지, 그냥 나갈지 선택해야만 했다. 친구는 얼른 말을 이었다.

"그러나 돈은 주겠다."

그는 재빨리 지갑에서 돈을 꺼내 바닥에 놓았다.

강도도 아마 상당한 갈등을 느꼈을 것이다. 이 돈을 주워서 그냥 나갈 것이냐, 돈을 줍고 이 돼먹지 않은 상대방을 쏠 것이냐, 돈을 줍지 않고 쏘기만 할 것이냐, 돈을 줍지 않고 그냥 나갈 것이냐.

이것은 우리나라의 사지선다형 시험문제와도 비슷하다. 그의 이야기를 듣고 있던 사람들은 너무나 궁금해서 재촉했다.

"그래서 강도가 어떻게 했어요? 총을 쏘았어요?"

그는 빙그레 웃더니 대답했다.

"총을 쏘았다면 내가 이 이야기를 누구에게서 들었겠습니까? 강도는 돈을 집어 들고 그냥 밖으로 나가는 선택을 했습니다."

그는 말을 이었다.

"그 이후로 그는 선택이론의 신봉자가 되었지요. 그 절체절명의 상황에서도 행동을 선택할 여지가 너무 많다는 사실에 충격을 받았다는 것입니다. 그는 지금도 그때 무슨 정신으로 지갑을 내놓지 않겠다고 했는지 자기도 이해가 안 간다고 합니다. 물론 추억이 있는 귀한 물건이기는 하지만, 목숨과 같은 무게의 가치를 지닌 것은 아니었으니까요. 그런데도 그는 지갑을 지키겠다는 선택을 했던 것입니다. 아무튼 강도가 그나마 실리적인 선택을 하는 바람에 이 친구는 살아남아서 선택의 힘을 믿게 되었습니다."

호랑이한테 물려 가도 정신만 차리면 살 수 있다는 이야기와 유사하다.

글라써는 일상생활에서도 무엇을 가르칠 때도 은유를 즐겨 쓴다. 내담자의 내면세계에 들어가기 위해서도 마찬가지다. 그는 무기력하고 일자리도 구하지 않으면서 시어머니의 비난을 두려워하고만 있는 우울한 중년 여자에게 말한다.

"당신이 자기 등을 볼 수 있다면 거기 온통 발자국이 나 있는 게 보일 겁니다. 당신은 발 닦는 발판이 되기를 선택했는데, 사실 당신은 발판이 아니거든요."

의미심장한 이야기다. 그는 타인을 원망만 할 것이 아니라, 스스로 먼저 그 상황에서 벗어나고자 선택을 해야 한다고 말한 것이다.

그는 서둘러 결혼생활의 문제를 해결하려고 들다가 오히려 더 낭패를 보고 있는 내담자의 이야기를 들려주었다.

"이 내담자는 아직 새 차인데, 너무 빨리 달리려고 하는 차 같습니다. 우리는 그 차가 속도를 좀 줄이도록 도와주어야 하겠지요."

그는 언제나 말한다.

"모든 불행한 일 뒤에는 반드시 불행한 인간관계가 도사리고 있다고 생각합니다. 성인이라면 언제나 스스로 그 불행한 인간관계를 벗어나려는 선택을 할 수 있는 힘이 있다고, 나는 믿습니다."

그는 선택의 힘을 인간의 무한한 잠재력의 힘이라고 본다. 그의 이론을 공부한 푸에르토리코의 에드 터너가 쓴 시는 그의 사상을 선명하게 보여 준다.

당신이 내게로 올 때는
나를 너무나 잘 알고 있다고 생각하지 말아 주세요.
나에 대한 선입견을 버리고 당신이 만들어 낸
틀에 내가 꼭 맞으리라고 기대하지 말아 주세요.
나는 어느 틀에도 맞지 않고
무한한 가능성을 지닌 존재입니다.
내게 오실 때는 당신의 희망을 전해 주세요.
당신의 이상과 꿈을 전해 주시고

나를 지지해 주고 영감을 주고
내게 길을 안내해 주고 신뢰를 보여 주세요.
그리고 내 가능성에 대한 믿음을 보여 주세요.
가장 좋은 모습으로 내게 와 주세요.

차례

1. 즐거운 사람들

2. 아름다운 사람들

3. 꿈을 지닌 사람들

4. 결혼한 사람들

5. 답을 찾는 사람들

6. 이야기 속의 사람들

7. 이웃에 사는 사람들

8. 외로운 사람들

1. 즐거운 사람들

지구 위의 요리사

이 직함은 요리 경연대회에 나가서 얻은 것이 아니다. 유치원에 다니던 손자가 내게 붙여 준 이름이다. 여행 중 배탈이 나서 하루를 금식한 손자에게 저녁에 흰죽을 쑤어 참기름 친 간장과 함께 주었다. 굶은 끝이라 허겁지겁 죽을 먹던 손자가 갑자기 엄지손가락을 치켜들더니 외쳤다.

"할머니! 요리사 중의 요리사! 지구 위의 요리사!"

하기야 30년 넘도록 음식을 만들어 식구들을 먹여 왔으니 이제 그런 직함을 하사받아도 괜찮은 경지에 이르렀는지도 모른다. 그다음부터 혹시 음식에 대해 남편이 한마디하려고 하면 이렇게 경고한다.

"나, 지구 위의 요리사예요. 건드리지 말라니까."

손자가 자라나는 과정을 지켜보면서, '아, 절대 수용이라는 것이 바로 이런 것이구나.' 하는 생각이 들 때가 있다. 그리고 내가 키운 세 아이에게 조금 미안한 마음이 들기도 한다. '아이들을 이렇게 길렀어야 하는데.' 하는 생각이 들어서다. 아이들을 기를 때는 어린아이가 어떤 존재인지를 잘 이해하지 못해 필요 없는 야단도 많이 쳤다. 의사 전달을 아이의 수준에 맞지 않게 하고 아이에게 분수를 넘는 요구도 했던 것 같다.

아무 재산이 없더라도 다른 사람에게 줄 수 있는 것이 많다고 설파한 석가모니는, 다음과 같은 일곱 가지를 행하여 습관이 붙으면 행운이 따르리라고 가르쳤다. 무재칠시(無財七施)가 바로 그것이다.

- 부드럽고 정다운 얼굴로 남을 대하는 화안시(和顔施)
- 사랑의 말, 칭찬의 말 등이 담긴 언시(言施)
- 마음의 문을 열고 따뜻한 마음을 주는 심시(心施)
- 호의를 담은 눈으로 사람을 보는 안시(眼施)
- 남의 짐을 들어주는 것처럼 몸으로 도와주는 신시(身施)
- 자리를 내주어 양보하는 좌시(座施)
- 굳이 묻지 않고 상대의 속을 헤아려서 도와주는 찰시(察施)

그러고 보니 다른 사람에게 실제로 행하기가 쉽지 않은 이 모든 것들을 내가 손자에게는 그대로 실천하고 있는 것 같기도 하다.

누구나 이런 대접을 받으면 저절로 상대방에게 되돌려 주기 마련인 법이다. 그러니 죽 한 그릇 덕에 '지구 위의 요리사'라는 놀라운 칭호를 받게 되는 게 아닌가. 진정한 사랑은 관념에 찬 열정이 아니라 작은 실천에서 온다는 것을 이즈음 배운다.

할머니들의 손자 자랑이 지나쳐 자랑하려면 돈을 내고 하라는

농담도 있다. 사랑에 빠지면 이성을 잃는 법이다. 손자 자랑은 이제 고목처럼 시들고 메마른 마음에 다시 사랑이 샘솟는 기쁨을 말하는 게 아닐까.

그러니 정작 하고 싶은 말은 이것인 듯하다.

"보세요. 내가 아직도 온 마음을 다해 누군가를 사랑할 수 있다고요."

가족 중에 늘어난 사람이 누군데?

"결혼은 절대 안 돼!"

이 말은 드라마에 나오는 시어머니나 시누이의 대사가 아니라 다섯 살 먹은 아들의 대사였다.

엄마가 아들을 달래면서 의중을 물었다.

"왜? 고모가 결혼하면 왜 안 되는데?"

"그렇잖아. 결혼하면 아기를 낳을 거고, 아기를 낳으면 나보다 그 아기를 더 예뻐할 거 아냐."

"아기를 안 낳을지도 모르잖아."

"모르긴 뭘 몰라. 다들 아기를 낳더라. 그러더니 아기하고만 놀고. 뭐야, 이게."

이건 아마 결혼한 외삼촌 때문에 상처 입은 쓰라린 마음에 관한 진술인 것 같았다. 인생에 대한 수업은 어려서부터 시작되는 터라 나중에 성장해서 사람들이 자기 곁을 떠나는 데 대한 면역성이 필요하기는 할 것이다.

어쨌든 엄마의 설득 끝에 아이는 관용을 베풀기로 결정했다.

"그래, 알았어. 그럼 고모가 아기 낳아서 다섯 살이 되면 나도 다섯 살이니까 같이 놀면 되겠네."

워낙 근엄한 표정을 지으며 인생의 중요한 부분을 포기하는 순간이라, 엄마는 웃지도 못하고 그 이론의 오류를 지적하지도 못했다.

아직 태어나지도 않은 아기가 다섯 살이 될 때면 자기는 훨씬 더 앞으로 가서 도저히 같이 노는 동갑내기 친구가 될 수 없다는 사실을….

삼촌이 유학을 떠나는 날, 아이는 볼멘소리를 내었다.

"이건 뭐야. 가족이 하나씩 줄고 있잖아."

하긴 아이의 사촌 누나도 작년에 유학을 떠나 버렸다.

"그런데 가족은 계속 늘어나기도 한단다."

엄마가 말하자 아이는 즉시 반격을 가했다.

"대체 늘어난 사람이 누군데?"

물론 그건 바로 너, 라고 말해서 자신이 상당히 유식한 줄 알고 있는 아이에게 충격을 주지 않은 것이야말로 엄마의 크나큰 배려였을 것이다.

행복한 네 사람

어느 날 라디오에서 '행복한 사람은 누구인가'라는 질문에 응모한 사람 중에서 네 사람의 이야기가 뽑혔다는 말을 들었다. 그 네 사람은 이렇다.

휘파람을 불며 방금 끝낸 자기 작품을 바라보는 예술가.
바닷가에서 모래성을 쌓는 어린이.
곤히 잠든 아가에게 이불을 덮어 주는 엄마.
몇 시간에 걸친 어려운 수술에 성공해 위독한 사람을 살려낸 외과 의사.

상상만 해도 행복한 그림이 그려지는 장면들이다. 그렇다면 이런 네 사람은 어떨까?

로또 일등에 당첨되어 주위로부터 시기 받는 사람.
성형수술에 성공해서 친구들도 몰라보게 된 여자.
출세가도를 달리느라 쉴 틈 없이 바쁜 사람.
누군가에게 악플을 달아 놓고 자신의 문장력에 도취한 사람.

나에게는 상상해 보아도 행복한 그림이 잘 그려지지 않는 장면들이다. 어째서일까?

살면서 어떤 결정을 내릴 때 이왕이면 천사의 편을 들라고 권하던 잠언 한 구절이 기억난다. 성인이 되면 어떤 게 천사의 편이고 어떤 게 천사의 편이 아닌지 우리에게 구체적으로 가르쳐 줄 사람은 없는 것 같다.

그래서 살아가면서 경험을 통해 세울 수 있는 자신만의 기준이 필요해진다. 사람들은 자신이 원하는 것과 타인에게 유익한 것 사이에서 늘 갈등하면서 살아가고 있기 때문이다.

가끔 어떻게 살아가는 게 옳은 일인지 모르겠다고 한탄하는 사람을 만나게 될 때가 있다. 그렇지만 우리가 어떻게 살아가는 게 옳은 일인지를 전혀 모르는 경우는 없다. 대부분 실천하기가 어려워서 모르는 척할 때가 많을 뿐이지, 기본적으로 그 기준을 모르지는 않을 것이다.

자신만의 기준을 세우는 것은 생각보다 어렵지 않다. 어느 쪽이 천사의 편인지 저절로 구분할 수 있을 때가 의외로 많기 때문이다.

어떤 일을 하면서 마음이 흐뭇해지고 저절로 미소가 지어진다면, 자신이 천사의 편에 서 있다고 믿어도 좋을 것이다. 앞의 네 사람과 뒤의 네 사람을 마음속으로 그려 보면 누가 천사의 편에 서 있는지 금세 알아볼 수 있지 않은가?

진정으로 행복한 사람은 자신도 알지 못하는 사이에 천사의 편에 서 있는 사람이다.

다섯까지만 세어 보세요

제주도에서 하루 종일 워크숍을 마치고 피곤한 상태로 오후 늦게 공항에 도착했다. 그런데 이게 웬일인가. 내 차례가 되자 공항 카운터에서 직원이 이렇게 말하는 것이 아닌가.

"죄송합니다. 오늘 예약하신 분들이 모두 오시는 바람에 좌석이 없습니다."

하도 기가 막혀서 말이 나오지 않았다. 오래전에 예약했던 좌석이고 늦은 것도 아닌 데다가 전화로 두 번이나 확인했기 때문이다.

'그래서…?'라고 한바탕 화를 내기 전에 숨을 들이쉬고 마음의 준비 운동을 하고 있는데 그 직원이 상냥한 미소를 띠며 말했다.

"그래서 저희가 비즈니스석을 드리려고 하는데 괜찮으시겠어요?"

나는 갑자기 맥이 탁 풀렸다. 괜찮고말고지, 그걸 질문이라고 하는 거니?

갑자기 좌석도 없이 얼마나 기다려야 할지 모르는 비극적 상황에서 비즈니스석이 기다리고 있는 괜찮은 상황으로 바뀌는 바람에 급속도로 낙하하던 교양이 제자리를 찾아왔다.

"아, 그럼요."

나는 늘 비즈니스석을 타 버릇하는 침착한 귀부인 같은 태도로 이 운명의 반전을 교양 있게 받아들였다.

큰 특혜나 베푸는 것처럼 표를 받아 들면서 감사하다고 말하고는 개찰구를 향해 가면서 저절로 웃음이 나왔다. 물론 기분이 아주 좋아서다.

편한 좌석에 앉아서 가게 된 것도 그렇지만 간발의 차이로 다혈질 기질을 조금 참고 화를 내지 않았기 때문에 대대적인 망신을 면하게 된 셈이었다.

만약 이렇게 되었으면 어쩔 뻔했는가.

"아니, 무슨 일 처리를 이렇게 하는 거예요. 그럼 지금 나보고 어떻게 하라는 거예요?"

"그게 아니라, 고객님…."

"그게 아니긴 뭐가 아니에요. 고객 서비스도 제대로 하지 않으면서 고객이라고 부르기는 왜 불러요?"

"그게 아니고요. 저희가…."

"듣기 싫어요. 대체 무슨 할 말이 있다고 또 변명을 하려고 그래요?"

이런 상황을 만화가들이 머리에서 김이 솔솔 나는 찐빵으로 그리는 게 아닌가 싶다.

그러고 나서 사실은 비즈니스석을 드리려고 했다는 말을 들으면 얼마나 무안할 것인가. 적어도 자존심이 있다면 태도를 표변하기는 어려우니까 이 정도는 말해야 하지 않을까.

"싫어요. 나는 서민의 편에 서는 사람이에요. 죽어도 일반석에 앉아야겠어요"라든가,

"이거 왜 이러세요? 사람을 뭘로 아는 거예요? 그런다고 내가 좋

아할 줄 알았어요?"

이 같은 생트집을 이어 가야 하는 상황이 되어 버리는 게 아닌가.

아무튼 넓은 좌석에 편하게 앉아 어쩐지 두 배는 더 친절해 보이는 승무원의 대접을 받으면서 기분이 그럴듯했다.

그러니 참으면 복이 온다는 옛날 사람들의 말이 버릴 게 없다니까. 나는 흐뭇해져서 속으로 생각했다.

화내기 전에 꼭 다섯까지 세어 보라던 돌아가신 할아버지 말씀이 새삼 고맙게 느껴졌다.

가장 먼 길로 갈 생각이라서요

프랑스의 우화 작가로 유명한 라퐁텐이 어느 날 '아카데미 프랑세즈'에서 강연하기 전에 부득이 다른 모임에 참석해야만 했다.

그런데 그 모임이 너무도 재미가 없고 지루해서 더 견디지 못한 라퐁텐은 저녁 강연 때문에 이제 그만 떠나야 하겠다는 핑계를 댔다. 그러자 모임을 주관하는 사람이 만류했다.

"선생님, 강연이 시작되려면 아직 두 시간이나 남았는데요. 이곳에서 가장 가까운 길로 가면 이십 분도 안 걸리지 않습니까?"

그러자 라퐁텐은 더욱 예의 바르고 정중하게 인사를 하면서 말했다.

"제가 오늘은 가장 먼 길로 갈 생각이라서요."

이 이야기를 들으면 누구나 지루하고 불편한 모임에서 먼저 떠날 적당한 핑계를 찾느라고 골머리를 앓았던 기억이 떠오를 것이다.

"너무 재미없어서 그만 가 봐야겠는데요."

이렇게 말하거나,

"왜 이따위 자리에 감히 나를 부른 겁니까?"

이렇게 말했다가는 높으신 안목에 존경심을 유발하기보다는 따돌림을 당하기 십상이다. 옛날 귀부인들이 골치 아픈 장소를 떠나고 싶을 때는 언제나 '가벼운 두통이 일어나서…'라고 말하는 게 관레였다. 하긴 싫은 곳에 오래 있으면 없던 두통도 생길 것이다.

"유모가 못돼 먹어서 늦게 가면 신경질을 내기 때문에 얼른 가야
해요."

"아이들이 저녁을 안 먹고 나를 기다려요."

"남편이 늦게 들어오는 걸 싫어해서요."

이런 건 고전 소설에 등장하는 우아한 귀부인의 대사가 아니었
다. 유모는 내가 고용 여부를 쥐고 있는 사람이고, 아이들 저녁은
요리사가 준비할 것이며, 남편은 지금 이 파티에 함께 있을 뿐 아니
라 젊고 예쁜 여자에게 집적대고 있어 바로 그가 두통의 원인인 경
우도 적지 않기 때문이다.

우리나라 주부들은 그런 점에서 핑곗거리가 제법 많은 편이다.

"아이가 내일 시험이라서요."

"오늘 시어머니가 오시는 날이에요."

사실인지 아닌지는 알 수 없지만, 대개 받아들여지곤 하는 이유
를 열두 가지쯤은 언제고 들이댈 수 있다.

아무튼 조금이라도 사회생활을 해 본 사람이라면 나는 여기가
싫어서 그만 가 보아야겠다고 말하지는 않는다. 물론 나는 솔직한
사람이라고 방방 뛰면서 그 모임의 문제점을 조목조목 지적하고 떠
나는 김삿갓 같은 풍류 논객도 있기는 하다. 문제는 그런 일을 한
번 겪고 나면 누구나 그 사람을 다시 부르지 않는다는 점이다.

그렇다면 누구 탓을 하거나 핑계를 대지 않고, 상대방의 마음을
상하게 하지도 않고 홀홀히 떠날 수 있는 진술 몇 가지 정도는 준
비하고 사는 게 어떨까.

그런 의미에서, "제가 오늘은 가장 먼 길로 갈 생각입니다"라고 말한 라퐁텐은 우리에게 자리를 떠나는 모범을 보였다고 할 수 있다.

즐거운 인생

옛날 할머니들은 힘들어하는 만삭의 새댁을 이렇게 위로했다.

"얼마나 힘들어 그래. 그렇지만 이제 아기만 낳으면 곧 날아갈 것 같을 테니 조금만 참어."

그러나 아기를 낳은 후에는 더 힘이 든다. 아기는 시도 때도 없이 울어 젖히는 데다가 젖은 잘 나오지 않고 밤낮을 가리지 않고 깨는 통에 편한 마음으로 잘 틈도 없다.

그럼 이웃집 할머니는 이렇게 기운을 북돋아 주었다.

"아기 때문에 잠도 못 자지? 그렇지만 이제 백일만 되면 한밤중에는 세상모르고 잔단다. 그때는 푹 잘 수 있지."

막상 백일이 되어서 아기가 밤에 자면 이제 낮에는 자려고 들지 않기 때문에 늘 잠이 모자란다. 이웃집 할머니는 또 말한다.

"에그, 아기가 돌이 되어서 걷기 시작하면 잠도 잘 자고 우리들 먹는 것도 잘 먹으니까 손이 좀 덜어지지."

천만의 말씀이다. 돌이 지나 걷기 시작하는 아기는 최초의 우주 비행사 유리 가가린이 달 탐험을 시작하듯 집에 있는 신기한 물건들을 떨어뜨리고 깨부수면서 온 집 안을 초토화하기 시작한다.

"정신없지? 그래도 애가 좀 더 커서 말을 시작하면 말귀도 알아듣고 제법 사람 구실을 해요."

아기가 말을 시작하면 사 달라는 것도 많고 생떼도 쓰고 부부

싸움하는 엄마한테 일장 훈시도 한다. 말조심하지 않으면 큰일 날 수도 있다.

"이제 학교만 들어가 보지. 아주 한시름 놓는 거지. 그때는 암, 엄마가 한시름 덜고말고…."

덜긴 뭘 더는가. 준비물에, 받아쓰기 시험에, 숙제 안 하고 게임만 하려고 드는 아이 때문에 보통 속이 터지는 게 아니다. 학년이 올라갈수록 공부 때문에 스트레스가 머리를 두드린다. 그러니 이제 새댁도 아닌 헌댁이 된 각시는 그다음에 나올 위로를 미리 봉쇄한다.

"할머니, 맨날 쉬워진다고 하시더니만 하나가 쉬워지면 다른 어려운 문제가 자꾸만 더 생기잖아요."

할머니는 흐흐흐 웃는다.

"그러니 어쩔겨. 고생을 낙으로 알고 살아야지."

무엇이라고? 그럼 여태 속아 살아왔단 말인가? 새댁의 마음을 읽었는지 할머니가 한마디 덧붙인다.

"열심히 속아 살다 보면 좋은 일도 생기는겨."

기막혀하는 새댁에게 할머니는 마침내 화룡점정의 말씀을 내린다.

"아무튼 살아 있는 물고기는 물에 안 떠내려간다니까."

즐거운 일만이 꽃처럼 만발한 인생이란 존재하지 않는다. 사실 어떻게

보자면 인생은 그야말로 고난의 연속이다. 그나마 위로가 되는 것은 고난 사이에 일시적으로 쉬는 기간이 좀 있다는 것뿐이다.

그러니 어쩌겠는가. 쉬는 기간에 즐겁게 쉬고 할머니의 교훈을 받들어 인생이란 강에서 다시 헤엄치기를 시작할 도리밖에….

낚시터의 물고기

속도위반으로 걸린 운전자가 억울한 표정으로 교통경찰에게 항의했다.

"아니 나보다 더 빨리 달리는 차도 있는데 왜 나만 잡습니까?"

경찰은 침착하게 되물었다.

"낚시해 본 적 있으십니까?"

"물론 있지요."

"그렇다면 선생은 낚시터에 있는 물고기를 다 잡으십니까?"

얼마 전 낯선 곳에서 앞차들을 따라 직진하는데 경찰이 차를 세웠다. 세우기만 한 게 아니다. 멋지게 경례까지 붙였다. 그러고는 면허증을 보자고 하면서 말했다.

"우회전 선에서 직진하셨습니다."

"앞차들을 따라갔는데요. 직진 선인 줄 알았어요. 왜 그 차들은 놔두고 내 차만 잡으세요?"

내 애끓는 항변에 대해서 그는 진지한 어조로 말했다.

"다른 차 걱정은 마시고 우리 이 차에 대해서만 이야기합시다."

그렇게 나오니 어쨌든 범칙금

을 면할 도리는 없었다.

살다가 보면 누구에게나 이건 참 공정하지 않고 억울하다는 생각이 들 때가 있다. '모르고 그랬는데.' 혹은 '왜 다들 그러는데 나만 붙잡고 그러는가.' 할 때다.

특히나 높은 자리에 올라가기 전에 청문회 자리에 앉아 진땀을 흘리는 후보자들을 보고 있노라면, 공손한 표정을 짓고는 있지만 그런 불편한 심정이 완연하게 드러난다.

위장전입? '그거야 관행이지.'

병역기피? '나만 했냐?'

소득신고 누락? '댁은 건망증도 없으슈?'

학력위조? '이 사람아, 집에서 하는 공부가 진짜 공부여….'

얼굴에 이렇게 말하고 싶어 죽겠다는 표정이 쓰여 있다.

그러나 진심으로 반성하는 표정으로 마른기침을 한 다음에 다음과 같이 근엄하게 진술하기도 한다.

"사실은 그게….'

"지금 기억나지 않습니다."

"깊이 뉘우치고 있습니다."

"저를 선택해 주신(뭐라고요? 제가 언제 선택해 드렸는데요?) 국민들에게 진심으로 사과드립니다."

그러다가 어느 순간 억울함을 참지 못하면 마침내 "예, 그 당시는 그게 관행이어서 저만 그렇게 한 것이 아닙니다. 그런데 왜 이런 사소한 문제가, 왜 제게만…" 하는 말이 나온다.

그거야 간단하게 대답해 줄 수 있다.

저수지에서 가족(만약 결혼한 물고기라면…)을 위해 열심히 헤엄치며 정직하게 살아가고 있는 물고기들 틈에서, 큼직한 먹잇감이 보이니까 다른 물고기들을 밀치고 덥석 물어 버린 자신의 실책도 적지는 않다. 아무튼 억울해하면서 속을 부글부글 끓이고 있는 분들에게는 심심한 위로의 뜻을 전하는 바이다.

이런 맥주잔 두 개 더!

아일랜드에서 사무엘 베케트나 제임스 조이스만큼 유명한 것 중 하나가 기네스 맥주이다. 더블린을 구경하는 버스 관광 코스 중에 빠지지 않는 것이 기네스 공장 방문이다. 씁쓸한 맛과 부드러운 거품이 조화를 이루어 미지근한 온도로 마시는 흑맥주는 아일랜드 사람들에게 단순한 음료 이상이다.

유명한 작가들이 즐겨 찾던 맥줏집들을 돌며 그들의 흔적을 추적하는 '퍼브 투어(Pub tour)'라는 이색적인 관광 프로그램에 참가한 적이 있다. 단순히 퍼브 몇 군데를 들르는 게 아니라 방문하는 맥줏집마다 전통적인 음악을 듣고 문화 체험을 한다는 명목하에 마음 놓고 맥주 한잔을 하는 프로그램이다.

기네스 맥주를 좋아하는 남편에게는 최고의 환상적인 관광이었다.

"이렇게 멋진 관광을 우리나라에서는 왜 하지 않는 거지? 문학과 술, 좋잖아."

"걱정 마슈. 우리나라에서는 인사동에서 매일 하고 있으니까."

내 퉁명스러운 대꾸에도 불구하고 맥줏집에 들를 때마다 한 잔씩 마시고 가이드의 설명을 들으면서 남편은 황홀경에 빠져들었다.

함께 가이드를 하는 남녀 역시 그저 단조롭게 길 안내와 작가 소개를 해 주는 것이 아니라 그때그때 상황과 장소에 따라서 연극

의 한 장면을 실연하기도 하고 고전 작품을 낭독해 주기도 했다. 가이드가 어떻게 저렇게 연기를 잘하느냐고 옆 사람에게 묻자, 원래 유명한 연극배우들이 돌아가면서 이 관광 코스의 가이드를 맡아서 한다고 했다.

"저 의자가 제임스 조이스가 즐겨 앉던 의자입니다."

"바로 이곳에서 베케트가 '고도를 기다리며'의 아이디어를 다듬었지요."

맥줏집마다 젊은이, 나이 든 사람들, 남녀노소 가릴 것 없이 흥겹게 마시고 노는 정경이 더없이 즐거워 보였다.

어떤 맥줏집에서는 이미 고주망태가 된 남자가 테이블에 엎드려서 연신 맥주잔으로 테이블을 두드리며 거절당한 술을 다시 청하는 광경도 재미있었다.

아일랜드에는 이런 이야기도 전해 오고 있다.

한 술꾼이 취하도록 마시다가 보니 테이블 한끝에 마법의 램프가 놓여 있었다. 그가 램프를 문지르자 과연 램프의 요정 지니가 나타났다.

"충성을 맹세합니다. 주인님. 무엇이든지 세 가지 소원을 말씀해 주시면 즉시 이루어지도록 해 드리겠습니다."

취객은 잠시 생각해 보다가 말했다.

"우선 첫 번째 소원을 말해 보겠다. 마셔도 마셔도 비워지지 않는 맥주잔을 내게 다오."

"문제없습니다. 주인님!"

지니는 즉시 맥주잔을 대령했고 취객은 마시기 시작했다. 그랬더니 이게 웬일인가.

맥주가 떨어질 만하면 다시 채워지고 다 마시면 또 채워지는 것이 아닌가.

문자 그대로 기분이 '짱'이 된 취객에게 지니가 물었다.

"자, 이제 남은 두 가지 소원을 말씀하시지요."

취객은 풀린 눈으로 회심의 미소를 지었다.

"두 가지 소원은 이거다. 이거랑 똑같은 맥주잔 두 개 더…."

그러고 보면 우리가 일상에서 그렇게 소원하는 것도 사실은 이미 누리고 있는 것과 똑같은 것 '두 개 더!'일지도 모른다.

무인도에 함께 가고 싶은 사람

자, 이제부터 한가하게 자리에 앉아서 나를 보기만 하면 기뻐하는 사람의 명단을 적어 보는 건 어떨까.

김 부장, 이 과장, 최 계장, 보험설계사, 은행 창구 직원, 박 기사….

이렇게 숨도 안 쉬고 적어 내려갈 정도로 그 이름이 많다면 약간 과대망상 증세가 있는 건 아닌지 한 번쯤 의심해 보아야 한다. 위치가 높아서 사람들이 당신을 위협적으로 느끼거나 무언가를 얻으려는 이해관계가 끼어 있어 가면을 쓰고 있을 가능성도 적지 않다.

내가 다니는 동네 은행에서 일하는 경비원은 누구든지 보기만 하면 기쁜 표정을 짓는다. 죽은 친구가 살아 돌아오기라도 한 것처럼 지나치게 반가워한다. 어떤 때는 그 사람과 마주칠까 봐 슬그머니 구석 자리로 피해 가기도 한다. 무슨 일이 겹쳐 하루에 두세 번 은행에 들러야 할 때면 그 사람의 과장된 환대를 다시 받을 생각에 좀 고민스러워진다. 그저 고개만 까딱하고 지나가기에는 이유 없이 거만을 떠는 것 같은 느낌이 들고, 마주 반가워하면서 함께 강강술래라도 추기에는 에너지도 부족하고 내키지도 않기 때문이다.

상황에 적절하지 않은 지나친 반색이 때로 고객을 내쫓기도 한다는 것은 인생의 아이러니가 아닐 수 없다. 형식적인 과대 친절이 오히려 불편한 이유는 푸짐한 욕쟁이 할머니의 음식점이 어째서 문전성시를 이루는지를 보면 알 수 있다.

"저 썩어질 인간이 오늘은 또 무얼 처먹으려고 덩실덩실 오는겨."

"더 줄 때 먹어 둬. 샌님처럼 내빼지 말고…."

"아, 저 인간들은 무슨 웬수가 져서 이렇게 바쁠 때만 그놈의 상판을 디미는가."

이런 정이 담긴 욕을 먹으면 우리는 그만 실실 웃음이 나오면서 마음이 풀어지곤 한다. 마구 기뻐하는 반응을 보이지 않아도 되기 때문이다. 사람들은 무차별적인 기쁨을 원하지는 않는다. 우리가 원하는 사람은 자기를 만났을 때 특별히 기뻐해 주는 사람이다. 자기를 격의 없이 좋아해 주는 그런 사람이 있을 때 우리는 세상이 살 만하다고 느낀다.

자, 이번엔 만나기만 하면 내 쪽이 기뻐지는 사람의 명단을 적어 보자.

어려운 일에 처했을 때 따뜻한 한잔의 차를 권하며 이야기를 들어준 사람인가.

도움을 청할 때 내용을 다 듣지도 않고 도와주겠다고 선뜻 말해 주는 사람인가.

그냥 아무 도움을 주지도 않았는데 보기만 하면 저절로 웃음이 나고 기쁜 마음이 드는 사람인가.

나를 보고 기뻐하는 사람과 내가 만나면 기뻐지는 사람의 숫자가 엄청나게 차이가 난다면, 명단을 한 번 더 살펴볼 필요가 있다.

누군가를 만나서 기쁜 척하지만 실제 마음으로는 하나도 반갑

지 않은 경우는 없는지, 아니면 저쪽에서 그런 경우는 없는지 말이다. 이 일을 살펴보는 건 생각보다 어렵지 않다. 그저 자신에게 조용한 목소리로 두 가지 질문을 해 보면 된다.

'나한테 완전한 선택권이 있을 때도 이 사람과 함께 있고 싶은가?'

'내가 무인도에 갈 때도 이 사람과 함께 가고 싶은가?'

정말 잘 웃는 이상한 아저씨

명동에 있는 결혼식장에서 나와 지하철을 탈까 망설이다가 짐도 있고 해서 택시를 탔다.

"어서 오십시오."

기사가 우렁찬 목소리로 환영을 했다.

이건 뭐 굉장한 갈빗집에라도 들어서면서 대접받는 것 같았다. 목동으로 가자고 하자 웃으면서 큰 소리로 말했다.

"아, 목동, 좋은 이름입니다. 나무 동네 아닙니까. 집이 그곳이신 가요?"

그렇다고 하자 그는 고개를 끄덕끄덕하면서 물었다.

"저기 결혼식장에서 나오시는 길입니까?"

"네, 좀 전에 결혼식이 있어서요."

"아, 그러시군요. 신부가 정말 예쁘지요?"

"네, 혹시 신부가 아시는 분이세요?"

그는 큰 소리로 웃었다.

"그게 아니라 이즈음에는 젊은 아가씨들이 다들 얼마나 예쁜지 안 예쁜 신부가 없다니까요."

"성형수술한 여자들도 많다던데요."

젊음과 미모에 대한 은근한 질투(?)가 섞인 내 말에 그는 또 웃었다.

"아, 예뻐지려고 해서 예뻐졌는데 어쨌든 좋은 일이지요."

근래에 보지 못한 괴상한 기사 아저씨였다.

집으로 가는 퇴계로 길은 상당히 밀렸다.

"점심시간인데도 이렇게 차가 밀리는군요. 추석 밑이라 그런 모양입니다."

그는 혼잣말처럼 하다가 고개를 끄덕끄덕했다.

"좋은 일입니다. 좋은 일이야."

"뭐가 좋은 일인데요?"

"아, 이렇게 많은 사람이 다 갈 데가 있어서 어디론가 가고 있으니 좋은 일 아닙니까?"

나는 귀를 의심했다.

대개 사십 전후의 택시 기사님들은 해박한 지식과 경험담에 사례까지 섞어 가면서 돼먹지 않은 한국 사회와 돼먹지 않은 젊은 여자, 돼먹지 않은 정치가와 이유 없이 밀리는 길, 그리고 앞이 안 보이는 인생에 대해 조목조목 비관적인 일가견을 털어놓는 경우가 많기 때문이었다.

"정말 이런 일들이 다 그렇게 좋게 보이세요?"

그는 또 큰 소리로 웃었다.

"그럼요. 손님도 그렇지요. 이렇게 행복한 결혼식장에 오셨다가 편안한 집으로 가시는 길이니 얼마나 좋으십니까."

이러니 나도 따라 웃지 않을 수 없었다.

그렇게 생각해 보니 정말 좋은 일인 것 같았다. 사람들이 다 이렇게 갈 데가 있다는 것도, 내가 행복한 결혼식장에서 나와 나무

동네에 있는 집으로 가고 있다는 것도, 또 내가 이렇게 즐거운 기사 아저씨를 만났다는 것도….

그럼 엄마가 천사를 데리고 나가세요

아이들의 상상력은 어른들의 생각을 초월한다. 관습적인 사고에 얽매여 있지 않기 때문이다. 주일학교 교사가 어린아이들에게 성경 누가복음에 나오는 탕자의 비유에 대한 이야기를 해 주고는 질문을 했다고 한다.

"어린이 여러분! 흥청망청 재산을 쓰고 궁핍한 탕자가 되어 돌아온 둘째 아들을 누가 제일 싫어했을까요?"

물론 정답은 집에서 올바르게 살며 늘 아버지를 도와 왔던 큰아들이었을 것이다. 그런데 한 어린이가 손을 번쩍 들더니 대답을 했다.

"집에 있던 살찐 송아지입니다."

하기야 이 송아지는 둘째가 돌아오자 기뻐한 아버지가 살찐 송아지를 잡게 하는 바람에 그날이 제삿날이 되고 말았으니 싫어했을 만도 하다. 어찌 된 영문인지는 모르겠지만 송아지의 입장에서 본다면 이 인간이야말로 느닷없이 재산을 나누어 들고 나가 탕진하더니 황야에서 굶주리다가 돌아와서 애꿎은 자기를 잡게 하는 장본인이다.

전에 함께 상담 공부를 하던 신부님이 아이들의 천진한 마음에 대해 여러 가지 재미있는 이야기를 들려주셨다.

"제자들의 발을 씻겨 주는 예수님이 제자들의 발을 씻겨 주면서

무슨 생각을 하셨을까요?"

가르쳐 주지 않고 스스로 생각해 보게 하려고 이렇게 물었다고 한다. 그랬더니 한 아이가 손을 들고서 대답했다.

"이 녀석, 대체 발을 언제 씻은 거야라고 생각했을 거예요."

신부님은 다른 사람에게 전해 들었다는 이야기도 들려주셨다.

엄마가 아이와 함께 외갓집이 있는 산골에 놀러 갔다. 어린 막내 아들은 어두운 곳을 대단히 무서워해서 엄마가 밤에 불 꺼진 방에 자기 혼자 두고 손전등을 들고 밖으로 나가는 것을 아주 싫어했다고 한다. 엄마가 아이를 달래며 말했다.

"그냥 아무 걱정 말고 얌전히 자거라. 내가 손전등을 갖고 나가더라도 엄마가 돌아올 때까지 천사가 곁에 있어 항상 너를 보호해 준단다."

그러자 아이가 엄마한테 말했다고 한다.

"엄마, 그럼 엄마가 천사를 데리고 나가세요. 대신 손전등을 여기다 두면 안 될까요?"

2. 아름다운 사람들

꽃보다 미소

얼마 전 큰 병원 원무과 앞에서 체구가 자그마한 노인 부부를 보았다. MRI 검사 비용을 미리 내야 하는 모양이었다. 할아버지는 결의에 찬 표정으로 창구 여직원에게 사정했다.

"그러지 말고 좀 깎아 줘."

앞줄 의자에서 친구를 기다리고 있던 나는 조마조마했다. 할아버지가 무안을 당할까 봐서. 그러나 여직원은 활짝 웃으며 부드럽게 말했다.

"할아버지, 그렇게 해 드리고 싶지만 저희가 마음대로 할 수가 없어서요."

"아, 그럼 거기 왜 앉아 있어. 세상에 에누리 안 되는 게 어디 있어."

이건 정말 시골 영감이 차표 파는 아가씨와 실랑이가 붙었다는 노래 그대로였다.

"얼마 있으신지 한번 살펴보세요."

여직원의 권유에 할아버지하고 할머니는 여기저기서 돈을 꺼내더니 세어 보았다.

"다 합해도 오만 원이 모자라."

"그럼 어떻게 하지요? 어디 전화하실 데 없으세요?"

여직원은 전혀 짜증 내지 않고 친절하게 말했다. 할아버지는 잠시 생각을 하더니 불쑥 말했다.

"그러지 말고 있는 돈을 다 낼 테니까 나머지는 달아 놔."

달아 놓다니? 무교동 빈대떡 집도 아니고… 여직원은 웃음을 터뜨렸다. 할아버지는 어마어마하게 큰 이 병원에 주눅이 들지도 않는지 다시 애교 섞인 간청을 했다.

"아, 다음에 올 때 꼭 낼 테니 달아 놓으라니까."

"할아버지, 그러지 마시고 아는 분에게 전화라도 해 보세요."

"걸으려고 해도 공중전화도 안 보여."

"그러시면 전화번호를 주세요. 제가 걸어 드릴게요."

"자식들한테 구차하게 굴기 싫어."

"할아버지, 자녀분들은 이럴 때 전화하려고 기르신 거예요."

여직원이 웃으며 말하자 할아버지는 멋쩍으면서도 흐뭇한지 목소리가 부드러워졌다.

"정말 그렇게 생각해?"

"그럼요. 할아버지, 얼른 전화번호 주세요."

할아버지는 마침내 전화번호를 내밀고 여직원은 전화를 했다. 전화를 끊은 그녀는 꽃보다 아름다운 미소를 지었다.

"할아버지, 아드님이 금방 달려오신대요. 조금만 기다리시래요."

할아버지는 고개를 연신 끄덕
이면서 할머니하고 안심하는
눈빛을 나누었다.

"걔네들은 우리 여기
온 줄도 몰라. 폐 끼치기
싫어서."

"보세요. 마구 달려오신
다잖아요. 다음엔 꼭 연락
부터 하세요."

할아버지는 허허 하고 웃으며
우리를 돌아다보았다.

"나, 서울서 이렇게 친절한 아가씨 첨 봤어."

앞줄에 앉아 있던 우리도 모두 따라 웃었다.

그녀의 미소가 거기 있던 사람들의 근심과 괴로움을 잠시 어디
로 보내 버린 것 같았다. 세상은 고통으로 가득하지만 한편 그것을
이겨 내는 일로도 가득 차 있다는 헬렌 켈러의 말이 정말 옳지 않
은가.

엄마, 이젠 내가 생각할게

대학 졸업반인 친척 아이에게서 전화가 왔다.

"엄마가 위독하세요. 지난주에 병원에 다시 입원하셨어요."

의사가 오늘 가까운 친지들에게는 연락하는 게 좋겠다고 했다고 한다.

딸 하나를 번듯이 키우느라고 온갖 애를 다 쓰던 아이 엄마가 말기 암 진단을 받은 것이 몇 달 전이었다. 병실 앞 복도에서는 친척들이 우선 비용 부담이 큰 일인실에서 다른 병실로 옮기는 게 어떠냐는 이야기들을 나누고 있었다. 그러나 딸아이는 강경하게 반대했다.

"얘야, 마음은 알겠지만 현실을 직시해야지. 지금 의식도 없는데 비싼 데면 본인이 알기나 하니."

딸아이의 눈에 눈물이 핑 돌았다.

"그런데요. 그동안 내 생각 때문에 엄마한테는 고생스러운 현실밖에 없었거든요."

다른 사람이 간곡하게 말했다.

"그렇지만 엄마가 너를 정말 생각한다면… 이런 데 계시고 싶어 하지 않을 거야."

딸아이가 고집스럽게 입을 열었다.

"엄마한테는 내가 귀에 대고 이야기했어요. 아무 생각도 하지 말고 편하게 쉬시라고요. 이제 힘든 생각은 내가 다 할 거라고요."

"얘, 그건 너무…."

"아녜요. 맨날 제일 싼 양말, 제일 싼 음식, 제일 싼 병실, 이런 것만 찾던 엄마가 정말이지, 저는…."

딸아이는 목이 메었다.

"올해 임용고시에 꼭 붙어서 교사가 될 거예요. 나중에 돈을 벌어도 엄마한테 아무것도 해 줄 수 없으면 그게 다 무슨 소용이에요. 우리 집이 작기는 하지만 대출도 받을 수 있어요."

"네 심정은 알겠지만 말이다…."

"염려해 주셔서 감사합니다. 그렇지만 저도 생각이 있어요."

딸아이가 눈물이 그렁그렁한 채 병실로 돌아간 후 친척들은 한동안 입을 열지 못했다.

"아직 세상 물정을 몰라. 저렇게 철이 없으니…."

그러자 유복하게 지내는 한 친척이 무겁게 입을 열었다.

"전에 쓰러졌을 때, 병실에 누워서 자식들이 돈 문제로 다투는 걸 들었습니다."

다들 조용해졌다. 한참 후 다른 사람이 어렵게 말을 꺼냈다.

"그러지 말고 우리가 좀 돈을 걷읍시다."

현실감을 주장하던 친척이 말했다.

"그렇다고 우리까지 이성을 잃으면 안 됩니다. 현실이 있지 않습니까. 현실이."

병실에 누워서 자식들의 다툼을 들었다는 사람이 말했다.

"내가 의식이 없는 줄 알고 자식들 중 한 명이 꼭 그렇게 말하더군요."

잠시 후 사람들은 천천히 자기가 병원비를 얼마씩 보탤 수 있는
지를 말했다. 현실감을 주장하던 친척이 머뭇거리며 말했다.

"나까지 이렇게 비현실적이 되어서는 안 되는데."

침울한 암 병동의 한 귀퉁이에서 비합리적이고 따뜻한 대화는
이렇게 이어지고 있었다.

병원에서 만난 우주인

　최근에 목 디스크 수술을 받은 친지가 재미있는 이야기를 들려주었다.

　수술 전날 병원 측에서 마치 삼일 독립선언문처럼 수술동의서를 낭독해 주었다는 것이다. 일어날 수 있는 많은 무서운 일들이 나열되고, 심지어 사망 이야기까지 나오는 마지막 구절에 이르러서 병원 입원이 처음인 그 남자는 그만 기함을 하고 동의하기를 거절했다.

　수술받지 말고 그냥 퇴원하고 싶어졌다. 이제 나이도 들어 살 만큼 살지 않았는가. 그러나 의사의 말이 귓전을 맴돌았다.

　"이 상태가 진행되면 나중에 손에 마비가 와서 수저도 들기 어렵습니다."

　수저를 들기 어려우면 누가 나를 먹여 주게 되는가. 갑자기 어린아이처럼 세상을 떠난 어머니가 그리워져 그는 울음이 복받쳤다.

　마음의 갈등을 삭이기 힘들어 병실을 나섰던 그는 병원 복도에서 중년 남자 환자와 마주쳤다. 턱 바로 위에서 목 밑까지 지지대를 두른 그는 방금 지구에 상륙한 우주인처럼 보였다. 그는 머뭇머뭇하다가 그 환자에게 말을 걸었다.

　"목 디스크 수술하셨나요?"

　"예, 며칠 되었습니다."

　환자는 쾌활한 어조로 대답했다. 그리고 근심 어린 표정의 그에게 되물었다.

"혹시 수술받으세요? 어느 선생님한테요?"

의사 이름을 듣고 그는 엄지손가락을 들어 올리며 자기도 그 의사가 수술했는데 진짜 따봉이라고 말했다.

"그런데 그 수술이 그렇게 어렵다면서요?"

환자는 씩 웃었다.

"걱정하지 마세요. 아주 쉬워요. 그냥 의사가 몇 가지 묻거든요. 그래서 한두 마디 대답하다 깨어나 보니 수술이 끝나 있습디다. 어려운 거야 수술하는 의사지, 내가 아니라니까요."

"수술 후에 몹시 아프다던데…."

"군대 안 갔다 왔어요? 기합받는 거에 대면 아무것도 아닙니다. 아, 편하게 누워서 얼마나 호강하는데요."

그 환자는 껄껄 웃었다. 갑자기 모든 일이 다 잘 풀릴 것만 같아 마음이 놓인 그는 간호 데스크에 들러 동의서에 서명했다.

"그다음에는 그 사람을 못 만났습니다. 우주인이 나를 격려해 주러 땅에 내려왔다 간 것만 같아요."

"혹시 그날 밤에 병실 밖에 UFO가 떴다는 보고가 없었어요?"

내 농담에 그는 큰 소리로 웃었다.

"정말 그럴지도 모르지요. 나한테 무슨 희망광선이라도 쏘아 준 걸지도 모르겠습니다."

그는 회복도 빠르고 경과도 좋았다. 그의 이야기는 어쩔 수 없이 어려운 결단을 내려야 할 때, 낙관적인 희망을 주는 사람이 얼마나 큰 힘이 되는지를 새삼 느끼게 했다.

아빠, 나도 의견이 있다고요

얼마 전 대학병원 비뇨기과 앞에서 친구를 기다린 적이 있었다. 맞은편에는 근심에 찬 30대 부부와 돌이 몇 달 지나 보이는 남자 아기가 앉아 있었다. 온 얼굴을 찡그리고 배를 부둥켜안고 있는 아내는 요로결석인 것 같았다. 쇄석 치료실로 들어가기 전에 아내는 아기 손을 꼭 잡으며 남편에게 당부했다.

"아기 배고파. 얼른 우유 먹여, 응?"

남자는 아기를 서투르게 안더니 가방에서 우유병을 꺼내 그냥 입에 물리려고 했다. 아기가 머리를 젖히고 피하려 들자 이번에는 긴 의자 위에 눕히고 우유병을 마구 들이대었다. 아기가 발버둥을 치며 울기 시작하자 남자는 바로 옆에 놓인 큰 휴지통을 가리키면서 으름장을 놓았다.

"너 이거 안 먹으면 아빠가 우유병 저기다 그냥 버린다."

그러자 아기가 거짓말처럼 두 손을 내밀어 우유병을 잡았다.

"그렇지, 진작 그렇게 해야지."

그런데 웬걸, 문제는 거기서 끝난 게 아니었다. 깜짝 놀란 아빠가 미처 막을 사이도 없이 아기는 의자에서 내려와 뒤뚱뒤뚱 휴지통에 다가가더니 우유병을 그 안에 집어넣어 버리는 게 아닌가. 아빠는 물론 그 광경에 대경실색했다.

건너편에 앉아 있던 내가 참다못해 웃음을 터뜨리자 아기가 나를 돌아보았다. 그러더니 까르르 웃고는 뒤
뚱거리며 다가왔다.

"아기가 참 잘생겼네요."

아이 때문에 당황해하다가 내 말에 실쭉
웃음을 띤 남자가 이쪽으로 왔다. 우유가
더 있느냐고 묻자 그는 가방에서 다른 우
유병을 꺼냈다. 그사이에 아기는 나를 보고
옹알이하듯이 뭐라고 하소연을 했다.

"그랬어? 원 저런, 그래서?"

내가 추임새를 넣자 남자는 아기가 뭐라
고 하느냐고 물었다.

"지금 엄마가 아파서 자기도 걱정이 태산 같은데 그렇게 강요하
면 되느냐고 아빠를 좀 혼내 주라는데요."

남자의 근심 어린 얼굴에
미소가 번졌다.

"하긴 그러네요. 갑자기 아내가 아프니까 어떻게 해야 하는지, 괜찮아야 하는데…."

나는 아기를 편하게 옆으로 안고 말을 걸어가면서 먹이라고 훈수를 두었다. 아기는 아빠 품에 안겨 고분고분 우유 한 병을 다 비웠다. 조금 후 아내가 혈색이 돌아온 얼굴로 치료실에서 나왔다.

"신기하게 이제 통증이 가셨어. 아기 우유는?"

아기가 우유병을 버린 사연을 듣고 아내는 쿡쿡 웃었다.

"내 그럴 줄 알았어. 치료실에 누워 있는데 애보다 당신이 더 걱정되더라니까. 아픈 건 난데 정신은 자기가 나가 있으니."

남자와 여자는 내게 고맙다는 인사를 하고 아기도 활짝 웃으며 빠이빠이를 해 주었다.

"내가 이제부터 정말 잘할게. 내가 말이야. 늘 마음은 있는데 그놈의 회사 일 때문에…."

"으이구, 또 그놈의 마음 타령은."

어느새 아기를 목마 태운 남자 곁에 여자가 바싹 붙어서 가는 뒷모습이 정다워 보였다.

인연

삼십 년 전, 막내를 낳기 전에 수소문해서 아이 볼 사람을 구했다. 본인도 장성한 삼 남매를 둔 그 아주머니는 그 당시 인연을 맺어 십 년이 넘도록 정성껏 아이들을 돌보아 주었다. 강의하며 삼 남매를 기르느라고 정신이 없었던 내게 그분은 정말 고맙고 소중한 사람이었다.

태어날 때부터 돌봐 온 막내에 대한 그분의 사랑은 특히 지극했다. 밥 먹을 때면 하염없이 곁에 앉아 지켜보며, "하이고, 아가. 어쩜 저렇게 밥을 이쁘게도 먹는고." 하고 탄복을 했다. 분주히 집안일을 하는 와중에 옛날이야기를 들려주고 책도 읽어 주며 함께 노래도 불렀다. 막내도 아침이면 문밖으로 아주머니를 마중 나가 기다렸다.

그러다가 당신의 큰아들에게 아기가 생기자 손녀를 돌보기 위해 우리 곁을 떠나야만 했다. 너무나 상심한 막내는 그 형은 대체 왜 자기가 책임도 못 질 애는 낳는 거냐고 볼멘소리를 하기도 했다. 그 후에도 막내는 성장하면서 아주머니 댁을 자주 찾았다. 그러면 아주머니는 버선발로 뛰어나와 맞으며 맛있고 따뜻한 밥을 한 상 가득 차려 주었다.

세월이 흘러 아주머니의 큰아들이 경제적으로 풍족해지자 그녀는 그리워하던 고향으로 내려가 살게 되었다. 무릎 통증이 악화되어 수술을 했을 때는 막내가 병문안하러 먼 길을 다녀오기도 했다.

어느새 장성한 막내는 영국으로 유학을 가게 되었다. 떠나기 전 마지막으로 아주머니를 찾았던 막내가 대경실색할 소식을 전했다. 큰아들이 악성 뇌종양이라고 했다. 막내는 눈물이 글썽했다.

"그 형이⋯ 엄마, 우리 아줌마 너무 가엾어서 어떻게 해."

아이가 떠난 후 나는 걱정이 되어 전화로 큰아들의 안부를 물었다. 그녀는 목이 메어 말을 잇지 못했다.

"아들애가⋯ 결국 세상을 떠났어요."

충격적인 소식이었다. 그녀가 겪었을 고통의 시간에 대해 뭐라고 위로할 말을 찾을 수조차 없었다. 남은 가족들을 위해서라도 마음을 추슬러야 한다고 어설픈 격려를 하고 전화를 끊은 다음 나는 한동안 그저 멍하니 앉아 있었다. 왜 하필 그토록 심성이 바르고 좋은 분에게 그런 일이 일어나야만 했을까.

영국으로 소식을 전하자 침묵을 지키던 막내는 아주머니에게 바로 전화를 했다.

"기운 내. 아줌마⋯ 나도 아줌마 아들이잖아."

그러고는 둘 다 말을 못 하고 울기만 했다고 한다.

막내가 장가가던 날, 그녀는 정성 들여 차려입고 먼 길을 올라왔다. 반가워하는 내 손을 마주 잡으며 그녀는 말했다.

"우리 아가가 언제 이렇게 커 가꼬 멋진 신랑이 다 됐당가요."

만감이 교차했다. 폐백을 받으시라는 권유를 받고 사양하던 아주머니는 안온한 표정으로 신랑 신부의 절을 받고 덕담을 건네며 밤과 대추를 던져 주었다.

몇 해 전 아들을 잃은 슬픔을 딛고 막내를 축하해 주러 오신 그분의 심경을 생각하니 가슴이 미어지는 것 같다. 그 큰 상처를 이겨 내는 데 막내와 나눈 인연의 소중함이 작은 도움이라도 되기를 바라는 마음 간절하다.

사라의 평화

디트로이트 간호대학에서 실습을 하던 시절, 가장 힘들었던 곳은 소아암 병동이었다. 그곳에서는 매일 아침 모든 스태프가 모여 회의를 했다. 불치병으로 고통을 겪는 아이들, 그리고 그 못지않게 고통을 겪는 부모들을 어떻게 잘 돌볼 수 있을지에 대해서 주로 논의하는 자리였다.

"어제 3호실에 있는 아이가 음식 쟁반을 내던지고 엄마한테도 폭언을 퍼부었어요. 내가 그렇게 해서는 안 된다고 이야기하니까, 엄마가 얼마나 힘들면 그러겠냐고 그대로 놓아두라고 하더군요. 이럴 때는 어떻게 하는 것이 바람직할까요?"

간호사가 보고를 하거나 질문을 하면 수간호사나 의사가 여러 가지 조언도 하고 방향을 제시해 주었다. 거기에 승복하지 못할 때는 열띤 토론을 벌이기도 했다.

나이 많고 온화한 병동 담당 의사가 대답했다.

"그럴 때 하고 싶은 대로 하게 내버려두면 아이가 훨씬 더 공포심을 느끼고 불안해합니다. 자기가 해도 되는 일, 해서는 안 될 일에 대한 경계선을 알려 주고 지키게 하는 것이 심리적으로 더 안정감을 줍니다."

그렇게 괴로울 때는 부정적인 정서를 좀 발산하게 놓아두어도 되지 않는가 하고 묻자, 의사는 고개를 끄덕였다.

　"그렇게 생각할 수도 있습니다. 하지만 남에게 해를 끼치는 행동을 하고 나서 기분이 좋아 본 적이 있습니까?"

　내가 머뭇거리자 그는 빙그레 웃었다.

　"물론 우리가 남에게 정말 큰 해를 끼친다면 법의 제재를 받게 되겠지요. 그렇지만 남에게 작은 해라도 끼치면 더 괴로워지는 건 자기 자신입니다. 아이가 평정심을 찾으려면 다른 사람들을 잘 대하는 일의 중요성을 배워야 합니다."

　그의 말을 들으면서 백혈병에 걸린 어린 소녀 사라의 아버지가 생각났다. 얼마 전 아내와 사별한 사라의 아버지는 동화에 나오는 나무꾼처럼 덩치가 아주 커다랗고 눈빛이 순하고 푸르렀다. 공장에서 일하던 그는 시간제 근무로 바꾸고, 낮에는 병원에서 사라와 놀아 주었다.

그는 내가 들어가면 사라에게 꼭 인사를 하게 했고, 게임을 하며 놀다가도 어이없이 생떼를 쓰면 그렇게 하면 안 된다고 엄하게 타이르고는 했다. 그래도 사라와 함께 놀 때면 아이처럼 웃고 명랑해 보였다.

아이가 항암제 치료 후유증 때문에 지쳐서 침대에 누워 있던 날, 그는 침대 곁의 의자에 앉아서 손가락 열 개로 마술 놀이를 해 보여서 마침내 사라를 웃게 했다.

사라가 잠들자 그는 가만히 일어나서 밖으로 나갔다. 이제 일하러 갈 시간이라고 했다. 사라의 팔에 꽂힌 링거 줄을 점검하고 밖으로 나오자 저쪽 복도 벽에 기댄 채 온몸을 떨며 흐느껴 울고 있는 그가 보였다. 다가가서 그의 등을 다독이니 몸의 떨림이 그대로 전해져 왔다. 그는 흐느낌 사이로 더듬더듬 말했다.

"사라를 안고… 하루 종일 얼마나 울고 싶은지, 그걸 참기가 너무 힘들어요."

그렇지만 아버지와 함께 있을 때면 사라는 고통을 잊고 편안해 보였다.

그의 품속에서 사라가 숨을 거두었을 때, 그는 울지 않고 조용히 말했다.

"이제 하느님은 사라에게 엄마와 함께 있는 평화를 주셨습니다."

그의 눈에 천천히 눈물이 고였다.

당신이 왜 여기 있는지 아세요?

오래전 미국에서 내가 근무하던 병동은 암 환자와 심장병 환자를 함께 치료하던 곳이었다. 일 년 정도 일하고 나니까 휠체어를 타고 입원하는 환자가 암 환자인지 심장병 환자인지 꽤 정확하게 예상할 수 있었다.

활달하고 농담도 잘하는 사람들은 대개 심장병 환자였다. 하지만 어려운 상태라는 진단을 받고 나면 그들의 얼굴에서도 생기가 사라졌다. 암 환자들은 입원할 때부터 생기가 사라진 경우가 대부분이었다. 그때만 해도 암은 치유될 확률이 아주 낮은 무서운 병이었다.

나이 든 환자가 수술받게 될 경우, 수술 후에 의사가 간호사들에게 따로 지시를 내렸다. 하루에 세 번씩 지남력, 즉 시간, 장소, 사람에 대한 인지 능력의 감퇴가 없는지 물어보고 체크하는 일이었다.

질문의 내용은 쉽고 단순했다. 당신의 이름은 무엇이냐, 자신이 지금 어디에 있는지 아느냐, 왜 여기에 있는지 아느냐 등이 그 내용이었다.

한 환자는 내가 이름을 묻자 되물었다.

"그러는 당신 이름은 뭐요?"

내가 대답하자 그는 자기 이름을 순순히 말했다.

"당신은 지금 어디에 있는지 아십니까?"

이렇게 묻자 그는 또 되물었다.

"그러는 당신은 어딘지 압니까?"

"병원인데요."

내가 대답하자 그는 한숨을 쉬며 그 정도는 자기도 알고 있다고 말했다. 왜 여기에 있는지 아느냐는 질문에 그는 되물었다.

"그래, 당신은 왜 여기에 있는지 잘 알고 있소?"

"환자들을 도와 드리려고요."

그는 껄껄 웃었다.

"대답은 잘하는군. 그래 이따위 질문을 해서 사람 성질나게 하는 게 돕는 건가?"

그의 농담 섞인 말투에 나도 따라 웃지 않을 수 없었다.

"그렇지만 수술 후에는 경미한 혼란을 일으키는 경우가 많아서 반드시 체크를 해야 해요. 그렇지 않았다가 큰 낭패를 보는 경우도 있거든요."

그는 끙, 하고 신음을 하더니 옆으로 돌아누웠다.

"자, 다음번에 만나면 내가 물을 테니까 당신은 묻지 마."

그때는 그가 이미 기억력 쇠퇴를 느끼고 있는 상태에서 수술 후에 그런 아이 같은 질문을 받자 마음이 상했었다는 것을 잘 이해하지 못했다.

이제 내가 나이 들어 보니 그런 질문에 언짢아하던 심정을 알 것 같다.

"제 말 알아들으시겠어요?"

"자, 어떻게 해야 하는지 이제 아시겠어요?"

성인이 되고도 한참 지난 사람에게 아이들 다루는 것처럼 질문하는 것을 듣고 있으면 은근히 부아가 난다. 게다가 아주 친절한 태도로,

"당신이 왜 여기 있는지 아세요?"

이런 핵심적이고 철학적인 질문까지 던진다면 쓸모 있는 대답을 기대하기란 실로 난망한 일이 아닐 수 없을 것이다.

마지막 심정

미국 병원에서 일할 때 새벽 7시만 되면 환자들 방에 들러 혈압과 체온을 쟀다. 전날 새로 입원한 암 환자 방에 들어갔을 때 언제나 하듯이 "굿 모닝"이라고 인사를 건넸다.

환자는 50대쯤 된 중년 남자였다. 윤곽이 뚜렷한 용모에 조금 흰빛이 섞인 갈색 머리의 그에게서는 귀족적인 풍모가 엿보였다. 그는 조용히 물었다.

"뭐가 그렇게 굿인데요?"

나는 좀 당황했지만 곧 쾌활하게 대답했다.

"아침이 왔으니까요."

"그럼 왜 저녁이 왔는데도 우리는 '굿 이브닝'이라고 인사하지요?"

"내일 아침이 올 거니까요."

그는 싱긋 미소를 지었다.

"정말 그렇군요. 재미있는 관점이네요."

인수인계해 주는 밤 당번 간호사에게서 그가 어제 오후에 입원했으며 말이 없는 사람이라는 정보를 전달받았다. 입원도 혼자 하고 저녁에 면회 오는 사람도 없었다고 했다.

그 병동 담당 의사들은 자살 우려가 있다고 판명되는 환자 방 앞에 의료진만 알아볼 수 있는 작은 표시를 해 놓았다. 이름 옆에

작고 검은 동그라미를 그려 놓는 것이었다.

처음에 그 이야기를 들었을 때 《아라비안나이트》 생각이 났다. 원수가 집 앞에 해 둔 표시를 영리한 하녀가 발견하고 그 근처 집에 모두 같은 표시를 해서 위험을 피했다는 이야기가 떠올랐다.

그의 방 앞에도 그 표시가 있었다. 가끔 나도 영리한 하녀처럼 모든 병실의 이름 옆에 작고 검은 동그라미를 그려 놓고 싶은 충동을 느꼈다. 자기가 자살할지도 모르는 위험인물이라고 누구나 다 알 수 있게 표시해 두었다는 것을 알고 나면 상당히 언짢아하지 않을까 싶었다.

두 달 남짓 입원해 있는 동안 그는 먼저 인사를 건네기도 했다. 그 당시 상당히 독하고 강력했던 실험적인 약물 치료를 받으면서 그는 날로 쇠약해져 갔다.

어느 날 오후 담당이 된 내가 그 방에 들렀을 때 그는 해 지는 창밖을 내다보며 누워 있었다. 그 병원 수칙에 임종이 가까워 오는 중환자에게는 종교적인 도움을 받을 수 있다고 알려 주게 되어 있었다. 나는 머뭇머뭇 말했다.

"아래층에 신부님이나 목사님이 늘 계십니다. 언제든지 도움을 청하실 수 있어요."

그는 나를 바라보다가 약한 미소를 띠고 대답했다.

"그러고 싶지는 않군요."

"……."

"나는 무신론자는 아닙니다. 저세상에서 하느님이 과연 나를 받아 주실지는 모르겠습니다. 그렇지만 내가 살아온 방식을 갑자기

뒤집어서 새사람이 되고 싶지는 않습니다. 실수도 잘못도 많은 삶이었지만요."

"……."

"이제 와서 새삼스럽게 신자가 되려고 하는 건 일종의 속임수라는 생각이 들어요. 그저 하느님의 섭리에 나를 맡기고 싶습니다."

그렇게 침착하게 죽음과 마주할 준비를 하던 그의 마지막 심정은 과연 어떤 것이었을까. 지금도 가끔 그 순간의 낮고 고요한 음성이 떠오른다.

아름다운 생애

이익섭 교수가 세상을 떠났다는 소식을 들었을 때 내 마음은 끝없는 어둠 속으로 잠겨 드는 것 같았다.

그는 11살 때 실명했다. 어려움을 견디고 이겨 내며 연세대학교 사회복지학과 강단에 섰던 그의 삶은 빛을 잃지 않으려는 노력의 점철이었다.

눈을 다쳐 어렸을 때 실명하고도 점자를 만들어 내어 암흑 속에서 사는 사람들에게 빛을 준 '루이 브라이'처럼 그도 후학을 기르고 극진하게 돌보며 닥쳐온 불행의 그림자를 거둬 내려고 애썼다. 그는 "루이 브라이가 없었으면 그 점자로 공부해서 일가를 이루게 된 헬렌 켈러도 없었을 것"이라고 이야기했다. 자신도 그러한 어려움을 겪는 사람들에게 도움을 주고 싶다고 했다.

둘째 딸이 태어났을 때 그는 말했다.

"첫아기 때는 실감하지 못했는데, 지금은 온몸에 느껴지는 아기의 감촉이 세상을 다 주어도 바꾸지 않을 만큼 나를 행복하게 해요."

20여 년 전 상담을 공부하고 싶어 찾아왔다는 그를 처음으로 만났을 때 그는 담담한 어조로 말했다.

"아주 많은 사람이 인생의 방향을 물으러 와요. 그런데 어떻게 대답해 주어야 할지 잘 모르겠습니다. 그래서 상담 공부를 처음부터 다시 해 보고 싶습니다."

시력을 잃어 가고 있는 자녀와 함께 와서 울음 섞인 목소리로 인생에 도움이 되는 조언을 해 달라는 부모의 호소를 들으면, 정말이지 자기는 아무 말도 할 수가 없다고 했다.

"내가 겪어 온 극한 상황의 어려움들을 참고 견디면 나같이 될 수 있다는 이야기를 어떻게…."

그는 말끝을 흐렸다.

내가 쓴 책《사랑의 선택》에서 그의 이야기를 한 적이 있다.

"운명의 수레바퀴가 밀고 지나갈 때 다시 우리를 일으켜 세워 주는 내면의 빛과 사랑에 관해 그는 자신의 삶을 통해 말해 준다. 강함과 약함을 함께 지녔지만 어떤 쪽으로도 삶을 왜곡시키지 않고 자신의 내면을 깊이 바라본 그에게서 나는 아름답고 고독한 한 사람의 모습을 본다."

그 글을 쓸 때 나는 그가 오래도록 살아 나와 다른 사람들이 어려울 때 도움과 즐거움을 주는 친구로 함께 지내게 되리라고 믿어 의심치 않았다.

이제 그를 잃은 슬픔이 마음속 깊은 곳에 아픔과 회한을 남긴다. 묵묵하게, 마치 그림자처럼 헌신적으로 그의 삶에 동참했던 아내와 아이들에게 위로의 뜻을 전하고 싶다.

짧고 아름다웠던 생애를 마친 그의 명복을 빈다.

오늘 밤 달을 놓치지 말게나

정월과 팔월 보름달이 가장 밝다고 한다. 그중에서도 팔월 보름달은 오랜만에 청량한 가을 하늘에 두둥실 떠올라서 더위에 지쳤던 사람들 눈에 더 밝아 보인다.

마음은 푸근해지고 소담스러운 송편이며 토란국 같은 맛있는 가을 음식에 몸도 편안하고… 즐거운 추석이 음력 8월에 있는 것도 무리가 아니다.

학교 다니면서 시험 볼 때마다 '정약용-다산-목민심서' 이렇게 줄긋기를 하면서 외는 바람에 지금도 그 이름들을 또렷이 기억하고 있지만, 그 사람됨이나 책의 내용을 깊이 알고 있지는 못했었다.

그런데 그의 삶과 글을 알면 알수록 정의롭고 지혜로우면서도 따뜻한 심성을 지닌 그의 풍모에 더욱 빠져들지 않을 수 없다.

다산은 그 좋은 저녁, 달이 휘영청 밝은 밤에 술 마시기를 권하며 그 밤, 바로 가장 밝은 날 저녁에 술을 마셔야지 다음날로 미뤄서는 안 된다는 시를 남겼다.

벗이여 달 아래서 마시려거든
오늘 밤 달을 놓치지 말게나
만약에 내일로 미룬다면
바다에서 구름이 일 것이며

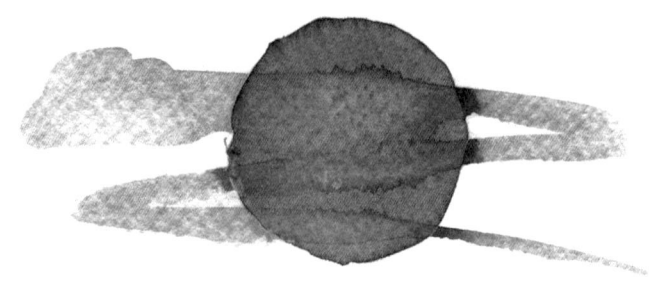

또 내일로 더 미룬다면
둥근 달이 이미 이지러질 거야

그는 평소에도 언제나 오늘 할 일을 내일로 미루면 안 된다, 그
날 해야 할 일을 그날 마치는 것이 바로 부지런함이며 근면의 덕을
실행하는 일이라고 크게 강조했다.

과거에 얽매이지 말고, 미래를 불안해하지 말며, 오늘을 행복하
게 잘 지내라는 여러 성현의 말씀과 일치하지 않는가.

두둥실 크고 밝은 달을 담은 그의 시구절이 달빛처럼 마음에 그
대로 와닿는다.

"오늘 밤 달을 놓치지 말게나."

청혼

남자는 꽃과 반지를 준비했다.

레스토랑에서 정성껏 준비한 청혼을 받고 여자는 눈물을 보였다. 한참 동안 말없이 앉아 있던 여자는 천천히 고개를 저었다. 남자는 마른침을 삼키며 여자의 말을 기다렸다. 여자는 침묵을 지키다가 입을 열었다.

"사실 나는 부모님이…."

남자의 얼굴에 안심하는 미소가 번졌다.

"괜찮아요. 내가 부모님 몫까지 다해서 사랑해 줄게요."

여자는 얼굴이 굳은 채로 힘들여 말했다.

"그게 아니라, 부모님이, 교통사고가 난 게 아니고…."

"괜찮아. 이젠 나를 믿고 의지해요."

"나는 당신을 받아들일 수 없는 이유가…."

"알고 있어요."

"……?"

남자는 아무 말도 하지 못하고 자기를 바라보는 여자의 눈물 젖은 얼굴을 보며 가만히 고개를 끄덕였다.

"전에 당신 집에 갔을 때 저녁 준비하는 동안 우연히 일기를 봤어요."

여자는 눈을 꼭 감고 악몽 같은 과거를 떠올렸다.

그 일을… 만취한 아버지가 싸움 끝에 어머니를 낫으로 찌르고 자신도 자살한 그 사건을.

그 이후 여자는 모든 행복을 단념하고 살아왔다. 그러나 다가오는 남자에게 끌리는 마음 때문에 고백도 거절도 하지 못하고 여기까지 오고 말았다.

마주 보고 앉아 있던 남자는 일어서서 여자 곁에 와 앉으며 어깨를 감싸안았다.

"난 당신 때문에 마음이 찢어지는 것 같았어요. 얼마나 힘들었을까 생각하면."

"그동안 나는 그 일 때문에…"

흐느낌이 여자의 목소리를 멈추게 했다.

"이야기하지 않아도 돼요. 그건 정말 교통사고하고 똑같은 일이었어요."

여자는 꽃과 반지보다 더 빛나는 선물을 받은 것 같았다. 남자의 진심이 담긴 마음을.

꽃다발

얼마 전 낯선 사람에게서 온 전화를 받았다. 젊은 남자의 목소리였다. 누구시냐고 묻자 그 사람은 머뭇머뭇 말했다.

"제가 누군지 잘 모르실 텐데요…."

이 복잡한 세상 수많은 관계 속에서 자기가 누군지 잘 모를 거라는 사람의 전화를 받는 것은 쉽게 대처하기 난감한 일이었다.

"누구신데요?"

"제 이름은 임성순입니다."

"네?"

나는 조금 더 당혹스러워졌다. 기억의 갈피를 넘겨도 그 이름이 떠오르지 않아서였다.

"저, 갑작스럽게 전화를 드려서 죄송합니다. 함께 글 쓰시던 이영자 씨를 기억하실지요?"

"아…!"

기억의 등잔에 반짝 불이 켜졌다. 그 푸근하고 따뜻하던 동년배 친구, 생애 처음으로 소설을 써 보겠다고 함께 모여 글을 쓰던 사람이었다.

"그런데 어떤 일로…."

"제가 그분의 둘째 아들입니다."

"어머나, 세상에."

암으로 투병하던 그 사람의 병실에서, 집에서 언뜻 스치며 보았던 젊은이의 모습이 떠올랐다.

"그럼 그때…."

"네, 제가 그때 뵈었던 사람입니다."

몇 년 전 그 사람이 세상을 떠나고 난 다음, 고향에서 올라왔다는 미역이며 콩들을 싸 주며 웃던 정다운 그녀의 모습이 늘 그리웠었다.

"너무 갑작스럽게 전화를 드려서 죄송합니다."

"아니에요. 잘하셨어요. 잘 지내고 있지요?"

"네, 사실은 제가 이번에 장편소설 문학상을 받게 되었습니다."

그는 누구나 들으면 알 만한 문학 대상의 이름을 대었다.

"원 세상에. 이게 웬일이에요. 정말 축하합니다. 어머니가 계셨으면 얼마나 기뻐하셨을까요."

듣기만 해도 흐뭇해서 저절로 목소리가 높아졌다.

"네, 그래서 제가…."

그의 목소리가 잘 들리지 않게 작아졌다. 잠시 목이 메는 것 같았다.

"어머니 대신 시상식에 좀 오셨으면 해서 이렇게 결례를 무릅쓰고 전화를 드렸습니다."

나는 눈물이 핑 돌았다.

자랑스러운 상장을 들고 넘어지며 일어나며 달려갈 어머니가 사라진 심정은 어린 소년이었을 때나 성인이 되었을 때나 다를 바가 없을 것이다. 그러나 그 어머니는 더 이상 이 세상에 계시지 않았다.

"가고말고요. 꼭 갈게요. 내가 꼭 갈게요."

"그런데 언제인지 아셔야 할 것 같아서요. 바쁘실 텐데…"

초청장을 보낼 주소를 불러주면서 자식을 남겨 두고 떠나는 것이 마음 아파 살아보려고 애쓰던 그녀의 모습이 떠올랐다. 이제 성인이 되어서 자기 분야에서 커다란 성취를 이루고 어머니를 찾는 아들의 모습이 그 위에 겹쳐졌다.

전화를 끊고 나서 늘 다니는 꽃집에 전화해서 가장 아름다운 꽃다발을 주문했다. 풍성한 꽃과 빛깔들이 어우러진 화려한 꽃다발을… 슬픔과 기쁨이, 절망과 희망이 함께 교차하는 우리 인생의 모자이크를 보여 줄 수 있는 그런 꽃다발을.

3. 꿈을 지닌 사람들

사랑과 예술, 그리고 인생

중학교 다닐 때 점심 먹고 노곤한 오후가 되면 공부에는 뜻이 없어지기 마련이었다. 거기다 만만한 총각 선생님이라도 수업에 들어오면 수업하지 말고 이야기를 들려 달라고 생떼를 쓰고는 했다.

지금도 기억이 나는 분이 새로 온 젊고 잘생긴 국어 선생님이다. 한 명씩 보면 수줍은 듯하지만 모이기만 하면 순식간에 소동을 일으키는 소녀들의 속성을 아직 터득하지 못한 그는 잠시 난처해하다가 물었다.

"그래, 무슨 이야기를 듣고 싶은데?"

우리는 중구난방으로 떠들었다.

"사랑 이야기요!"

"예술 이야기요!"

"인생 이야기요!"

"아름다움에 관해서요!"

선생님은 잠시 생각에 잠겼다가 이렇게 말했다.

"그럼 내가 그 모든 게 다 들어간 이야기를 해 주면 조용히 수업할 거야?"

"네!"

우리는 교실이 떠나가라고 소리를 질렀다.

어린 생각에도 그 모든 게 다 담긴 이야기를 들려주려면 한 시간 내에 끝나는 것은 불가능해 보였기 때문이다. 그는 천천히 이야기를 시작했다.

"어느 나른한 봄날 오후였어. 한 화가가 자기 아틀리에에서 모델을 앞에 앉혀 놓고 그림을 그리고 있었지. 밖에는 푸른 하늘에 흰 구름이 떠 있고 모델 곁의 테이블에는 화사한 색깔의 꽃들이 화병에 꽂혀 있었어. 화가는 하늘을 보고, 꽃을 보고, 푸른 옷을 입은 모델을 바라보았어. 그리고 탄식한 거야. 살아 있다는 건 참 아름답구나… 그리고 붓을 던지고 모델에게 다가가서 살짝 입 맞추었어."

우리는 눈이 똘망똘망해져서 침을 꼴깍 삼키고 숨도 쉬지 않은 채 그다음 이야기를 기다렸다. 이제 이야기의 막을 열었으니 모험이 가득 찬 사랑과 인생 이야기가 시작되리라고 기대했던 것이다.

하지만 선생님은 더 말을 하지 않고 가만히 창밖을 내다보고 서 있었다. 그날 밖에는 정말 푸른 하늘에 흰 구름이 떠 있고 정원에는 그 위로 벌과 나비가 날아다니는 모습이 보일 것만 같은 꽃나무들이 만개해 있었다.

이야기를 기다리던 한 아이가 물었다.

"그래서요, 선생님. 그래서 어떻게 되었어요?"

그러자 다른 아이들도 소리쳤다.

"그다음 이야기를 들려주세요."

그러자 선생님이 조용히 말했다.

"이야기는 이제 다 끝났는데."

"안 돼요. 사랑과 인생과 예술이 다 들어 있는 이야기를 해 주신다고 했잖아요."

"다 들어 있잖아. 나중에 여러분이 어른이 되면 이 이야기에 모든 것이 들어 있었다는 걸 기억하게 될 거야."

교과서를 펴 드는 선생님에게 우리는 더 이상 항의하지 않았다. 무언가 먼 곳으로 여행을 다녀온 것 같은 이상한 느낌이 들었다. 그날 들었던 그 이야기는 학교 다니면서 들었던 이야기 중에 가장 인상적이었다.

삶의 아름다움에 눈뜨게 되었던 어느 하루였다.

우편배달부의 궁전

사람의 인생은 어느 사회학자의 말처럼 정말 '시작한 지점으로 다시 돌아와 끝나게 되는 것'일까? 오랫동안 초라한 삶을 살다가 나이 들어 위대한 업적을 남기는 일이 매우 드물다는 데는 많은 이들이 동의할 것이다.

그러나 프랑스의 소박한 우편배달부였던 '페르디낭 슈발'의 이야기를 듣고 있으면 그럴 수도 있다고 저절로 고개가 끄덕여진다. 글도 잘 모르고 건축을 배워 본 적도 없는 그가 세상을 뒤흔든 어떤 예술가 못지않게 아름다운 건축물을 만들어 내며 성취를 이루었기 때문이다.

슈발은 말도 별로 없이 늘 혼자 걸어 다니며 사람들과 잘 어울리지 않는 작은 마을의 우편배달부였다. 그는 사람 대신 상상이라는 이름의 죽마고우와 함께 걸었다. 상상 속에서 그는 언제나 성을 쌓았다. 화려한 궁전을 짓고 햇볕이 따뜻하게 내리쬐는 정원이나 거대한 탑을 만들기도 했다.

매일 포도밭과 목장과 들판을 걸어 다니던 그는 눈을 감고도 다닐 수 있을 만큼 마을에 익숙해졌다. 똑같은 길을 되풀이해서 다녀도 전혀 지루하지 않았다. 우편물에 섞여 있는 신기하고 이국적인 엽서의 그림들이 그를 한껏 매혹시켰기 때문이다. 둥근 돔 지붕을 이고 선 궁전, 거대한 석상들, 괴상하게 생긴 동물들, 동화 속에 등

장하는 거인처럼 생긴 기이한 나무들을 보며 그는 찬탄을 금치 못했다.

하지만 그런 창조물을 만들어 내는 것은 상상 속에서나 가능했다. 가난한 월급쟁이인 그는 일을 그만두면 먹고살 길이 없었기 때문이다.

우편배달을 시작한 지 13년째 되던 해, 그는 길을 걷다가 그만 돌부리에 걸려 넘어졌다. 넘어진 김에 그 돌을 한참 들여다보던 그는 흙을 파내고 돌을 주워 들었다. 그 후부터 그는 가방과 주머니에 돌을 넣어 나르고 밤에도 손수레를 끌며 마을의 돌을 날라 성을 짓기 시작했다.

그는 예순 살이 되어서야 우편배달 일을 그만두고, 적은 연금으로 살아가면서 하루 종일 혼자 열심히 성을 만들었다.

첫 번째 돌을 주워 든 지 33년째 되던 해 상상의 궁전은 완성되었다. 성의 길이 26미터, 폭 14미터, 높이 10미터에 이르는 아름답고 웅장한 성이었다.

당시 문화부 장관이었던 작가 앙드레 말로는 그가 만든 '꿈의 궁전'을 문화재로 지정했다. 이제는 해마다 수많은 관광객이 그의 상상과 꿈의 실현을 보려고 찾아들고 있다.

불가능하게 보였던 월드컵 4강 진출이 이루어지자 전국에 울려 퍼졌던 함성이 그의 성에서도 들려올 것만 같다.

"꿈은 이루어진다!"

휘파람 부는 소년, 슈누다

카이로의 열 살 난 소년 슈누다는 빈민촌에 사는 불행한 청소년 이었다. 사람들이 멸시하는 표정으로 아파트 문 앞에 쓰레기를 내놓으면 소년은 딱딱하게 굳은 얼굴로 고개를 숙이고 쓰레기를 들고 갔다.

하지만 어느 날 소년이 고개를 높이 들고 자랑스러운 미소를 띤채 휘파람을 불며 나타났다. 무슨 일이 있었던 걸까.

슈누다는 외쳤다.

"우리 마을에 우리 수녀님이 생겼어요. 우리와 함께 사는 수녀님이요."

당사자인 엠마뉘엘 수녀는 그 이야기를 전해 듣고 눈물이 날 정도로 마음이 찡했다고 그의 책 《아듀》에 썼다.

어린 소년은 깨달았다고. 멸시받는 삶을 수동적으로 견디기만 해서는 안 된다는 것을, 자신에게는 자신만의 존재 가치가 있다는 것을, 다른 사람도 그것을 인정해야만 한다는 것을.

내가 그와 똑같은 환경에서 함

께 살고 있다는 이유만으로 그는 존엄성을 되찾고 휘파람으로 삶을 노래하게 되었다고.

'빈민의 어머니', '넝마주의 수녀'로 불렸던 엠마뉘엘 수녀는 벨기에의 유복한 가정에서 태어났지만 어려서 아버지가 익사하는 비극적인 가족사를 거치면서 21살에 수녀원에 들어갔다.

여러 나라에서 교사 생활을 거친 후 카이로에서 교사로 일하다 넝마주이들의 비참한 삶을 보고 그들과 같이 살기로 결심하고 20년이 넘도록 함께 생활했다. 그녀는 100세가 되어 세상을 떠났다.

엠마뉘엘 수녀는 스스로를 '펄펄 끓는 강물'이라고 표현하면서 우리에게 어떻게 사람들을 사랑하고 섬기는가에 대한 위대한 인생의 이야기를 남겨 주었다.

"빈민촌에 이르렀을 때 나의 평생 소원은 실현되었다. 가난한 자들 속에서 그들과 함께 사는 것, 그것이 내 삶의 절정이었고, 그 위에는 더 올라갈 아무것도 없었다."

누구나 마음속 깊은 곳으로 내려가 보면 거기서 사랑의 불꽃을 발견할 것이고, 그 불꽃은 다른 사람의 행복을 구하는 불꽃이라고 그녀는 고백한다.

빈민가의 불행했던 소년 슈누다가 휘파람을 불 수 있도록 도와준 힘이 무엇인가에 대해 그의 한마디가 모든 것을 설명해 주지 않는가.

우리 마을에 우리 수녀님이 생겼어요.
우리와 함께 사는 수녀님이요.

기적의 오케스트라, 엘 시스테마

베네수엘라의 〈엘 시스테마〉(2008)라는 기록영화를 보면서 내내 한 가지 생각이 마음을 사로잡았다. 정말 현실에서 이런 일이 가능할까?

총을 들고 거리를 떠돌던 아이가 오케스트라의 바이올린 연주자가 되어 콘서트에 참여하는 일, 가난하고 불행한 삶을 술과 마약에 의지하며 살아가던 초라한 중년 남자가 아들의 연주를 듣기 위해 클래식 공연장을 찾는 일, 이런 일들이 정말 가능할까?

〈엘 시스테마〉의 오케스트라는 그런 일이 가능할 뿐 아니라 지금도 일어나고 있다는 이야기를 음악의 선율과 함께 우리에게 들려준다.

남미 최대 산유국이지만 극심한 빈부격차 때문에 가난과 범죄와 폭력의 악순환이 들끓는 베네수엘라 빈민가 청소년들의 감동적인 실화가 우리 심금을 울린다.

바이올린, 첼로, 드럼, 콘트라베이스, 각기 다른 특성을 지닌 악기들이 아이들의 손에 잡히는 그 순간 꿈의 실체로 변한다. 음악을 듣고 연주하며 별처럼 빛나는 아이들의 눈동자, 웃고 발을 구르며 춤추는 오케스트라 트럼펫 연주자의 리듬을 따라가는 아이들의 함성이 가슴을 벅차게 한다.

이 영화를 보면서 열망하지 않으면 어떤 삶에도 의미가 없다는

이야기가 가슴에 절절하게 스며든다. 불행으로 달려가던 아이들이 희망이 있는 곳으로 달려가도록 방향을 바꿀 수 있게 이끌어 주는 어른들의 열정적인 이야기가 가감 없이 진솔하게 담겨 있기 때문이다.

엘 시스테마는 1975년 음악가이며 경제학자인 호세 안토니오 아브레우가 최초로 국립 청소년 오케스트라를 창립하면서 시작되었다. 이 사람이 바로 빈민가의 아이들에게 삶의 아름다움과 희망을 전하는 초석을 놓아 준 사람이다.

그는 말한다.

"모든 사회 문제는 배척에서 비롯됩니다. 주위를 둘러보면 소외와 배척이 도저에 널려 있습니다. 풍요가 지나친 나라의 사람들은 그 정도가 지나치면 권태와 염세에 빠지지만, 가난한 아이들은 음악 하나로도 마음의 부자가 될 수 있습니다. 이는 사회에서 살아가는 데 있어 더없이 좋은 풍요로움의 바탕이 됩니다."

영화 속에서 만난 아이들은 행복해 보였다. 마음껏 즐거운 일을 하면서도 따라갈 수 있는 삶의 목표가 생긴 것이다.

더구나 감동적인 점은 아이들에게서 자기만 앞세우는 이기심이 사라지고 서로를 위하고 배려하는 마음이 생기게 되었다는 것이다. 아이들은 하모니를 중시하는 오케스트라의 구성원이 되면서 협동과 배려, 조화 같은 인간관계에 필요한 덕목들을 자연스럽게 몸에 익혔다. 악기를 손에 들면서 자신의 소중함과 더불어 다른 친구들의 소중함도 함께 깨우치게 되었기 때문이다.

특혜받은 가정에 태어나거나 부유하지 않아도 희망과 아름다움과 선의가 함께 어우러지는 세상에서 아이들이 모두 행복해지는 그 꿈같은 일이 우리나라에서도 이루어지기 바라는 마음, 간절하다.

보이지 않는 그림

소녀는 오랫동안 꿈꾸던 외국 유학길을 떠났다. 첫 그림 수업 시간에는 불안과 기대로 가슴이 터져 나갈 것만 같았다. 이렇게 여러 나라 사람이 모인 외국 대학에서 어떤 방식으로 교육받게 될지 알 수가 없었다.

편한 옷차림으로 교실에 들어선 나이 지긋한 백발의 남자 교수는 학생들에게 각종 종이와 연필, 물감과 끈, 가위 등을 나누어 주었다.

"자, 이제부터 한 시간 동안 원하는 걸 자유롭게 표현해서 하나씩 벽에 붙여 주세요."

소녀는 당황스러웠다. 이런 과제를 받기는 처음이었다. 다른 학생들은 망설임 없는 손놀림으로 쓱쓱 무엇인가를 만들고 칠해서 벽에 붙였다. 그러나 소녀는 그림을 마무리할 수 없었다. 게다가 벽에 하나씩 붙는 다양하고 창의적인 그림들을 보면서 점점 더 자신이 없어졌다.

주어진 시간이 끝났지만 소녀는 자신의 개성 없는 그림을 차마 붙일 수가 없었다. 학생은 열 명인데 벽에 붙은 그림은 아홉 개였다. 소녀의 얼굴은 붉어지고 가슴은 쾅쾅 뛰었다. 이제 전에 흔히 듣던 질책이 오롯이 머리 위로 떨어지리라고 예상했기 때문이다.

- 미대생이었다면서 시간 내에 완성을 못 하면 어떻게 해요?

– 아니, 그렇게 아이디어가 전혀 떠오르지 않아요?

– 다 완성이 안 되었더라도 일단 붙여 보세요. 책임질 줄 아는 습관이 생겨야지요.

하지만 예상과 달리 교수는 아무 소리도 하지 않고 벽면의 비어 있는 자리 하나를 곰곰이 바라보다가 재미있다는 듯이 말했다.

"오… 이 그림은 보통 사람들의 눈에는 보이지 않게 그려졌어요. 어떻게 이렇게 그릴 수 있을까? 나는 이 그림이 아주 흥미롭습니다."

그런 응답을 받으리라고 생각도 하지 못했던 소녀는 고개를 들었다.

교수와 눈이 마주치자 그는 미소와 함께 찡긋 윙크를 보내주었다.

"그때 내게 있던 무거운 두려움이 한결 사라졌어요."

소녀는 나중에 내게 이렇게 말했다.

몇 해가 지나 수석으로 졸업하게 된 소녀를 만난 교수가 말했다.

"언젠가 뛰어난 작가가 될 거라고 생각해요."

소녀는 비판하지 않는 그의 격려가 얼마나 큰 도움이 되었는지 그 마음을 직접 말하지는 못했다. 여전히 소녀는 수줍었다. 교수는 말을 이었다.

"수줍은 마음속에 숨겨진 개성과 열정이 가장 큰 재능이라는 걸 꼭 기억해요."

소녀는 졸업 작품의 제목을 그에게 작은 소리로 알려 주었다. 그 제목은 '보이지 않는 그림'이었다.

걸림돌과 디딤돌

가끔 "하늘이 무너지는 것 같은 경험"을 했다는 이야기를 들을 때가 있다. 대개 자신이나 사랑하는 사람에게 닥쳐온 불행한 소식을 들을 때 그렇게 느낀다는 경우가 많다.

예상치 못한 순간 받은 암담하고 극심한 충격에 대한 심정을 드러내는 말 중에 가장 강력한 표현이 아닐까 싶다.

내가 처음 컴퓨터로 한글을 배우게 된 동기는 소설 습작 때문이었다. 그런데 글쓰기에 몰두해서 저장을 하지 않은 채 쓰다가 어느 날 갑자기 정전되는 바람에 원고지 백 매가 넘는 내용이 날아가 버렸다. 날아가 버렸다는 말은 문자 그대로 실감 나는 표현이었다. 새도 아닌 게 대체 흔적도 없이 어디로 날아가 버렸을까.

하늘이 벽돌로 지은 집쯤 된다면 그 귀퉁이에서 벽돌 몇 개쯤은 떨어져 내리는 것 같은 심정이었다. 프린트라도 해 두었으면 다시 입력이라도 해 볼 텐데. 기가 막혔다.

어쨌든 기억이 사라지기 전에 다시 써야 했기 때문에 밤을 새우고 매달려서 작업을 했다. 하도 힘이 들어서 무려 세 권이나 되는 분량의 대작 《프랑스 혁명》 원고를 잃어버리고 다시 쓴 칼라일을 생각해 보려고 했지만, 그것도 처음에는 전혀 위로가 되지 않았다.

영국의 사상가인 토마스 칼라일은 '다수의 사람이 행복해지려면 영웅적인 지도자를 따라 세상이 움직여야 한다'는 사상을 지니고 있었다. 그 당시에 싹트던 공리주의와는 잘 맞지 않아 그의 생각을 이해하고 따르는 사람은 많지 않았다.

그는 자기가 쓴 원고를 공리주의의 대표적인 사상가인 존 스튜어트 밀에게 제일 먼저 읽히고 싶어 원고를 그에게 건네주었다. 그런데 그 집 하녀가 실수로 원고를 벽난로에 처넣어 불에 태워 버리고 말았다. 정말 하늘이 무너지는 경험이었을 것이다.

"나 안 해, 이젠 정말 안 할 거야."

어른이 아이와 다른 점은 자기가 공들여 만들어 놓은 무언가가 부서졌을 때 어린아이처럼 두 발을 버둥거리고 이렇게 떼를 쓰면서 울 수도 없다는 것이다.

아무튼 컴퓨터도 타이프라이터도 없던 그 시기에 칼라일은 벽돌을 하나씩 쌓듯이 한 자 한 자 다시 써 나가기 시작해서 처음 원고보다 훨씬 더 나은 작품을 탈고했다고 한다.

이 정도면 우리도 그를 본받아 인생의 실패에 굴하지 않고 다시 일어서는 포즈라도 취해야 하지 않을까. 잃어버린 명저를 다시 쓴 그야말로 다음과 같은 자신의 명언을 보석처럼 빛나게 만들고 있다.

길을 가다가 돌이 나타나면
약자는 걸림돌이라고 말하고
강자는 디딤돌이라고 말한다.

깊고 푸른 눈

처음에 한 후배가 '윌리엄 마셜' 박사가 서울에서 여는 성범죄자 심리치료 워크숍에 참석하자고 했을 때, 나는 별로 내키지 않았다. 성범죄자 심리치료에 관한 세미나라고 해서였다. 타인을 불행하게 만드는 사람들에 관한 이야기를 사흘이나 듣고 있기가 힘겨울 것 같았다. 그러나 워크숍에 참석했던 동안 윌리엄 마셜 박사를 만나면서 큰 감동을 받았다. 그는 1970년대부터 성범죄자 심리치료를 시작해 40여 년간 이 분야를 개척해 왔다.

"41년 전 내가 처음 캐나다에서 성범죄자 심리치료에 나섰을 때 만만치 않은 거부감과 반대에 부딪쳤습니다."

온화한 용모에 작은 체구의 마셜 박사는 맑고 푸른 눈이 인상적이었다.

"캐나다에서는 그런 일이 처음 있었습니다. 가장 반대가 극심하고 나를 못마땅해하고 사사건건 딴지를 걸던 사람은 바로 교도소의 교도관이었습니다. 사람 같지 않은 놈들을 사람처럼 대한다는 것이 그 이유였습니다."

그는 낮은 목소리로 말을 이었다.

"이미 일어난 불행한 일은 어쩔 수 없지만 앞으로 일어날지도 모르는 일은 막아 볼 수 있지 않을까, 나는 이렇게 생각했습니다. 이 사람들이 진정한 사람대접을 받게 되면 자신을 사람으로 보게 되

고, 자신을 사람으로 보게 되면 다른 사람들도 사람으로 존중하게
되지 않을까 하고요."

말하자면 그는 별로 인기 없는 일에 일생을 바친 것이다. 하지만
도표로 통계를 보여 주는 그의 태도에는 생애를 바친 일에 대한 자
부심이 엿보였다.

"이제 사십 년이 지난 후 엄격한 처벌을 늘려 나가는 미국이 교화
에 힘써 온 캐나다보다 일곱 배나 많은 재범률을 보이고 있습니다."

피해자를 생각하면 가해자들을 정말 우리와 같은 대등한 인간으
로 온정적으로 대할 수 있느냐는 질문에 그는 대답했다.

"그렇습니다. 나는 가해자 상담을 주로 하지만 피해자 상담을 할
때도 있습니다. 그렇지만 한 사건의 가해자와 피해자를 함께 상담
하는 경우는 드뭅니다. 내 마음속에 가해자를 향한 미움이 생겨
도움을 주지 못할까 봐 염려되기 때문입니다."

그는 말을 이었다.

"그리고 오랫동안 일하면서 나는 이 가해자들이 어려서부터 다
른 어른들에 의한 피해자였던 경우를 너무나 많이 보게 되었습니
다. 이 프로그램을 받은 사람들의 재범률은 통계상 극히 낮습니다.
물론 드물게 다시 범죄를 저지르는 사람들도 있지만, 저는 단 한 명
의 치료도 포기하지 않을 겁니다."

그는 그 사람들에게 변화가 일어나 자신과 타인을 존중하는 삶
을 살게 되었음을 알게 될 때 제일 기쁘다고 말했다.

그 말을 할 때 그의 푸른 눈은 내가 본 어느 누구의 눈보다도 깊
고 맑게 빛났다.

낭비하지 않는 삶

성공하면 거짓 친구와 진짜 적들이 생길 것이라는 이야기가 있다. 사람들은 성공한 사람들을 따르지만 은근히 패배자를 더 좋아한다는 이야기도 있다. 인간관계의 어떤 측면을 꿰뚫어 본 이야기가 아닐 수 없다.

얼마 전 세상을 떠난 서강대학교 프라이스 신부의 빈소를 찾았을 때 성공의 의미를 다시 생각해 보게 되었다.

신부님이 몸담아 일하던 산업문제연구소에서 워크숍을 하느라고 여러 번 만난 적이 있었다. 카우보이모자를 눌러 쓰고 말 위에 오르면 서부극에 그대로 출연해도 될 만큼 헌칠한 키에 호남형의 용모를 지닌 신부님은 소탈하지만 엄격한 사람이었다.

그는 현관에서 알림장을 붙이고 있는 내게 손가락 마디 길이면 되는 테이프를 두 배나 길게 자르는 이유를 물었다. 신부님은 테이프를 다시 반으로 자를 때까지 그 자리를 떠나지 않았다. 2층 교실 문 앞에 붙은 알림장을 보고는 이렇게 말했다.

"여기 온 사람들, 무엇 때문에, 왜 왔는지 이미 알고 있습니다. 현관에 붙여 놓았는데 여기 또 붙이는 건 낭비입니다."

덧붙여 세면대에서 물 한 방울이라도 떨어져 내리지 않게 꼭 잠그고 참석자들에게 당부해 달라는 그의 간곡한 말은 그런대로 낭비하지 않고 살고 있다는 내 자부심에 일침을 가했다.

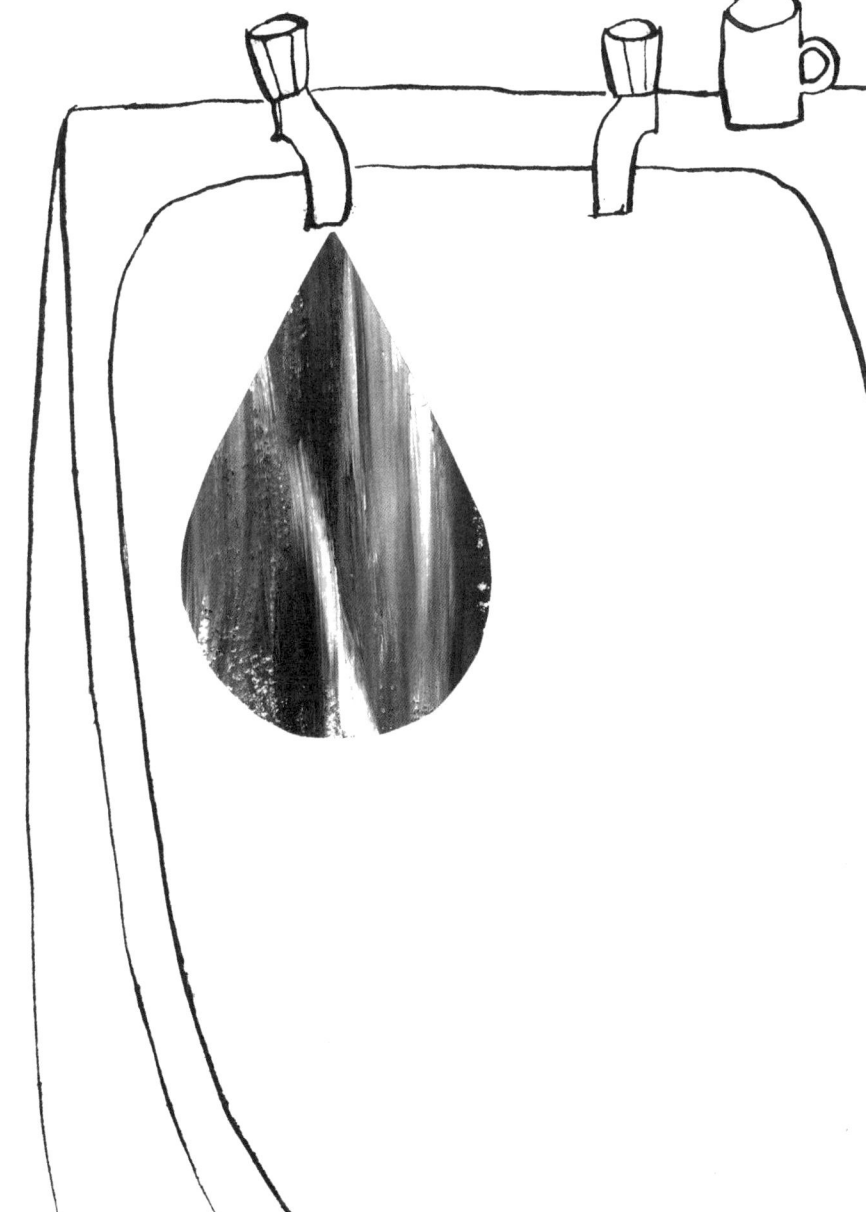

영어와 한국어를 더듬어 가며 섞어 쓰던 그는 미국인으로 태어났지만 1957년부터 무려 47년간을 한국에서 살아왔다.

그는 한국말이 무척 서툴렀다. 논리적으로 유창하게 자기표현을 하지도 못했다. 왜 다른 외국인 신부들처럼 한국말을 잘하지 못하느냐는 사람들의 핀잔에도 그는 웃기만 하다가 "나는 바보입니다"라고 어눌한 말로 대답할 뿐이었다.

빈소에서 만난 어느 교수님은 신부님이 탁월하고 대단하다는 느낌을 전혀 주지 않는 소박한 사람이었지만 보석 같은 존재였다고 말했다.

수많은 제자를 가르쳤고 이 땅에 근검과 노동의 가치를 전파했던 그는 옷을 하도 여러 번 수선해 입어서 더 이상 고칠 수 없다는 이야기를 들은 적까지 있다고 했다.

갈아입을 옷 이상은 지녀 본 적이 없다는 신부님의 청빈함을 전해 들으며 나는 우리 아파트 주위에 넘쳐나는 버려진 물건들을 생각했다.

거짓 친구와 진짜 적이 없었던 걸 보면 그는 세속적으로 성공했던 사람은 아닐지 모른다. 그렇지만 물 한 방울까지 아끼며 쓸데없는 마음과 물질의 낭비를 막으려 애썼던 그는 강직한 예수회의 이념인 순명과 순결, 청빈을 실천한 진정한 수도자라는 생각이 든다.

4. 결혼한 사람들

아내가 자꾸 울어요

외국인 아내를 둔 남편들의 모임에서 있었던 일이다.

십여 명의 30~40대 남자들이 큰 교실에 둥글게 앉아서 마음을 터놓고 서로 이야기를 나누고 있었다.

지금 아내의 어떤 점이 가장 좋으냐는 질문에 '온순하다', '마음이 착하다', '시부모님께 잘한다', '남편을 잘 섬긴다' 등등의 말이 나왔다. 아내들이 온 곳은 베트남, 중국, 캄보디아, 필리핀, 몽골 등으로 다양했다. 어찌 보면 조선 시대 며느릿감의 덕목을 하나씩 꼽고 있는 것 같기도 했다.

국제결혼의 힘든 부분을 하나씩 이야기하면서 몇몇 사람의 불만이 쏟아져 나왔다.

"남들은 금방 배우는데 한국말을 아직도 잘 못해요."

"아이들을 어떻게 기를 줄 몰라서 쩔쩔매요."

"부모님이 말이 안 통해서 아주 힘들어하십니다."

"그러셨군요… 그런데 그런 일들이 남편과 본인 중, 누구한테 더

힘이 들까요?"

내가 묻자 잠시 침묵이 흘렀다. 이런 와중에 한 사람이 입을 떼었다.

"삼 년 전 처음 왔을 때 아내가 자주 울었어요. 어떻게 해 줘야 좋을지 몰라서 이것저것 해 줘 보다가 참다못해 화도 내고 그랬어요."

그는 잠시 말을 멈췄다.

"그러다가 문득 너무 외롭고 힘들어서 그러는 게 아닐까 하는 생각이 들더군요. 우리 어머니는 어려서 내가 울 때 어떻게 해 주었던가 하는 생각도 났고요."

사람들이 그를 바라보았다.

"그래서 그다음부터는 아내가 울 때 아무 말도 묻지 않고 곁에 앉아 가만히 안아 주었어요. 처음에는 안아 주니까 더 울더니 차츰 울지 않게 되었어요."

"지금은 어떻습니까?"

마주 앉았던 사람이 묻자 그는 환하게 웃었다.

"이제는 울지 않아요. 아기하고 놀면서 웃고 나를 봐도 잘 웃어요."

모임이 끝나자 옆 교실에서 함께 모여 놀고 있던 아내와 아기들도 나왔다. 대체로 작은 몸집에 순해 보이는 인상들이었다.

아기를 안은 한 여자가 웃는 얼굴로 남편 앞으로 다가왔다. 아기가 손을 내밀어 아빠의 얼굴을 만지며 소리 내어 웃었다. 남자도 아기를 받아 안으며 흐뭇한 듯 웃었다.

우는 아내를 안아 주었다는 이야기를 들려준 사람이었다.

우리 결혼해요

얼마 전 조카가 결혼을 앞두고 약혼녀와 함께 집을 방문했다. 나이가 지긋하고 재정적인 상태가 풍족한 것도 아니어서 결혼이 어렵지 않을까 하는 우려를 듣던 조카에게 갑자기 동갑내기 신부 후보가 나타난 것이다. 어떻게 만나게 되었는지, 앞으로의 계획은 어떤지 이야기를 나누던 중에 약혼녀가 조카에 대해 말했다.

"다른 건 모르겠지만 정말 마음이 따뜻한 분이에요."

그동안 이런저런 일들을 많이 겪어 힘들었던 조카의 얼굴도 흐뭇하고 자신감이 넘쳐 보였다. 입가에 미소가 떠나지 않았다.

"그래, 어떤 점에 마음이 끌렸어?"

내 짓궂은 질문에 조카는 멋쩍어하면서도 자랑스러운 말투로 대답했다.

"첫인상도 좋고 이해심 많고 솔직한 게 정말 좋았어요."

제주도에서 친지가 보내준 갈치를 굽고 미역국을 끓여 남편과 함께 네 사람이 저녁을 먹으면서 우리는 이야기꽃을 피웠다.

처음 만나는 사람 같지 않게 여자는 활달하면서도 안정되어 보였다. 지금 하고 있는 일이 대단한 건 아니라고 말하면서도 즐겁게 설명하는 모습에서 자부심이 엿보였다.

"제가 워낙 걷는 것을 좋아해서 만나면 주로 함께 걸어 다녔어요."

"어유, 정말 저보다도 더 잘 걸어요. 막 날아다니는걸요."

조카가 끼어들며 거들었다.

"건강에도 좋고 절약에도 좋잖아요."

웃으면서 조카에게 이야기하는 그녀를 보며 남은 생을 함께 의지하고 살아갈 배우자로 참 좋은 사람을 만났구나 하는 생각이 들었다.

- "내가 비참한 건 다 남편 때문이에요. 진짜 정신이상자라니까요."

- "제가 행복하지 못한 건 아내를 잘못 만났기 때문이지요."

무슨 문제가 생길 때마다 이렇게 그 원인이 배우자에게만 있다고 주장하거나,

- "모두 다 제 잘못이에요. 남편은 훌륭한 분인데 다 제 불찰이에요."

- "내가 다 못나서 그래. 아내는 머리도 좋고 능력도 있는 사람인데…."

이처럼 문제의 원인이 내게만 있다고 지나치게 자책이나 자학을 하는 사람들을 만나 본 적이 많아서 두 사람의 진솔한 태도가 아주 건강해 보였다.

"우리가 젊으니까 차는 아직 없어도 돼요."

서로 의지하며 소박한 삶을 열심히 꾸려 가겠다고 앞날의 계획을 이야기하는 조카와 약혼녀를 보면서 흐뭇했다. 자신과 상대방을 있는 그대로 받아들이는 모습이 편안하게 느껴졌다.

밤이 깊어 남편과 함께 두 사람을 버스 타는 곳까지 전송하면서 정말 즐거운 저녁 식사였다는 생각이 새삼스럽게 들었다.

내 배우자, 알고 보면 멋진 사람

과연 결혼의 진실은 어떤 것일까.

결혼에 관한 수많은 책이 있지만 어떤 이야기들은 천사 시리즈처럼 교훈적이거나 낙관적이고 어떤 이야기들은 지하의 신 하데스의 말처럼 부정적이고 비관적이어서 한마디로 결혼을 설명하기는 쉽지 않다.

예측 불가, 상상 불허의 행동을 서슴지 않는 배우자에게 시달리며 살아가는 사람은 대체 어떻게 하면 좋을 것인가.

아내의 행동을 묘사하는 남편이나 남편의 행동을 묘사하는 아내의 이야기를 들어 보면 같은 행동에 대해서도 판이하게 관점이 다르다. 수용과 유머가 담긴 관점으로 보느냐, 울분과 절망에 찬 눈으로 그 상황을 바라보느냐 하는 점에서 확연한 차이가 나기 마련이다.

충동구매의 귀재라 쓸데없는 모든 물건을 사 들고 오는 남편, 온갖 괴상한 만병통치약을 사 와서 남편에게 권하는 아내, 늘 쓰던 진회색 아이펜슬이 없으면 밖에 나갈 수 없다고 울부짖는 아내, 아이들 앞에서 아내의 운전을 나무라면서 자기는 여기저기 안 들이받는 곳이 없는 남편, 아내 생일을 잊어버리고는 매일매일 생일처럼 행복해서 잊어버렸다고 말도 안 되는 소리를 하는 남편, 음식점에서 아내를 위한다고 고래고래 소리 지르며 종업원에게 위세를 떠

는 남편, 어쩐지 몸이 아파 시누이 생일에 못 가겠다고 죽는소리를 하다가 백화점 세일에 가자는 친구 전화에는 십 분 내로 사라지는 아내, 술이 곤죽이 되어서 돌아오면서도 단 한 번도 술값을 낸 적이 없다고 우기는 남편, '시' 자가 들어가서 시금치도 싫다는 이야기를 남편 앞에서 태연히 하는 아내….

그런 태도를 견딜 수 없는 단점으로 볼 것인가, 아이다운 순수함으로 볼 것인가 하는 관점이 어쩌면 결혼생활에 제일 큰 영향을 미치는 것이 아닐까.

그렇게 함께 살기 힘들면 왜 헤어지지 않느냐는 질문에 사람들은 수십 가지의 이유를 들이댄다. 아이 때문에, 부모 때문에, 사회적 체면 때문에, 내가 버리면 그는 무능해서 굶어 죽을 것이기 때문에, 내가 버리면… 그 수십 가지 이유 중에 몇 가지는 사실 그 사람을 사랑하고 있다는 말처럼 들리기도 한다.

그러니 결혼의 진실을 알아내는 일은 그만 포기하는 게 상책이 아닐까 싶다. 그저 내 남편, 내 아내, 알고 보면 멋진 사람이라고 자기 최면을 걸면서.

호박에 줄 그으면 수박이 될까?

결혼생활에서 일어나는 불행을 호소하는 사람들은 대체로 그 원인이 배우자에게 있다고 말한다. 그리고 그런 점을 고쳐 주려고 별 노력을 다 해 봤으나 소용이 없었다는 이야기가 이어진다. 작게는 치약 짜는 버릇에서부터 거실에 양말 벗어 놓는 버릇 같은 게 죽고 사는 문제로까지 등장할 때도 있다.

상대방이 바뀌지 않는 한 불행할 수밖에 없다고 주장하는 사람들이 늘어나면서 우리나라의 이혼율은 지속적인 상승곡선을 그리고 있다.

미국의 정신과 의사 토마스 해리스가 이야기하는 인간관의 네 가지 유형을 살펴보면, 자신이나 배우자를 좀 더 쉽게 이해할 수 있다.

"미안해요. 다시는 안 그럴게요. 내가 다 부족해서 그래요."

"나만 동서들보다 처지는 것 같아. 그래서 처갓집에 가기 싫어."

우선, 이렇게 자기를 부정하고 타인을 긍정하는 유형이 있다.

스스로를 능력 없다고 느끼며 우울해하고 소외감을 느끼고 극히 소극적이 된다.

"나도 잘한 건 없지만 당신은 내게 잘해 준 게 뭐 있어요?"

"그래, 내가 이해심이 없는지도 모르지. 그렇지만 대체 그렇게 말하는 당신은 이해심이 있는 줄 알아?"

이렇게 공격적으로 자기도 부정하고 타인도 부정하는 유형이 있다. 배우자가 쌀쌀하고 몰이해하다고 느끼며, 내가 자격이 없으니 그런 일도 일어난다고 생각한다.

"도대체 속은 좁아터져 가지고 무슨 생각 하나 제대로 하는 게 있어야지."

"애를 왜 그렇게 못살게 굴어요. 당신은 성격이 틀렸어요."

이처럼 자기는 긍정하지만 타인을 부정하는 유형도 있다. 자기 입장은 지키려 드나 배우자를 불신하고 나쁘게 보는 것이다.

"야, 오늘 힘든 날이었네. 당신도 애 많이 썼지?"

"그래도 우리 둘 다 그 고비를 잘 넘긴 게 정말 대견해."

이런 생각을 지녀 자기를 긍정하고 타인을 긍정하는 유형이 있다. 결혼생활에서 가장 바람직한 입장이다.

옛날 우리나라 노인들의 지혜는 이런 의미에서 높이 살 만하다.

"생긴 거 어디 안 간다. 들볶는다고 생긴 게 고쳐지냐? 호박에 줄 긋는다고 수박이 되는 거 아니야. 그저 서로 위하고 받아들이며 살아야지."

엄마 아빠, 나 걸어요

산뜻한 그림과 익살스러운 유머, 간결한 글로 사랑받는 프랑스의 삽화가 장 자크 상페의 그림을 보고 있으면 저절로 미소가 지어진다.

우리나라에서는 《좀머 씨 이야기》의 삽화로 널리 알려진 사람이다. 그는 삭막하고 외로운 삶에 지친 사람들의 마음 깊은 곳에서부터 위로와 웃음을 끌어내는 특별한 능력을 지니고 있다.

TV에 정신이 나가 있는 아기와 부모 그림이 특히 기억에 남는다. 시청 삼매경에 빠져 있느라 기어다니던 아기가 걷는 줄도 모르는 부모의 모습이다.

아기는 웃는 얼굴로 "엄마 아빠, 나 걸어요"라고 말하지만, 부모는 아무 표정도 없이 화면만을 그저 바라보고 있다. 아기가 걷는 것쯤이야 TV 화면을 통해서 얼마든지 볼 수 있기 때문이다.

이제 우리도 TV 대신 살아 있는 사람과 자연을 좀 더 바라봐야 하지 않을까. TV는 시선 집중을 요구하지만 생생한 생각과 감정의 집중을 요구하는 법은 드물다.

현대인들은 먹고사는 데 모든 힘을 탕진했기 때문에 책을 읽을 힘조차 사라져 TV 앞에 하염없이 늘어져 있다고 평하는 사람들도 있다.

하기야 전에 학위 논문의 마지막 마무리를 할 때를 생각해 보면,

거의 며칠에 걸쳐 철야 작업을 하고 나니까 너무 지쳐서 책도 읽을 수 없고 음악도 듣고 싶지 않고 누군가와 이야기를 나눌 기력조차 없었는데, 텔레비전 앞에 멍하게 앉아 있는 일 하나는 가능했다.

그러니 이제 새로운 시대가 도래해서 생각하고 성찰하려는 노력은 인생의 사치라고 다들 생각하게 되었는지 모르지만,

"엄마 아빠, 나 걸어요."

이렇게 말하는 아기를 텔레비전 대신 바라보고 기뻐하며 안아줄 수는 있지 않을까 하는 생각이 든다.

그분들이 도망갈까 봐서요

유난히 고민에 사로잡혀 있는 것 같은 학생에게 지도교수가 물었다.

"자네 무슨 걱정이 그렇게 많은가?"

"부모님이 걱정돼서요."

"저런, 어디 편찮으신가? 무슨 문제가 생겼나?"

학생은 우울한 얼굴로 말했다.

"그런 건 아닙니다. 아버지는 제 생활비도 대 주시고 저를 학교에 다니게 하느라고 밤낮을 가리지 않고 열심히 일만 하십니다. 야근도 자주 하시고 주말에도 쉬지 않으십니다. 어머니는 하루 종일 음식을 만들고 온 집 안을 청소하고 장을 보고 빨래하고 쉴 틈도 없이 일만 하십니다."

"그래? 건강하게 지내시는 것 같은데 왜 그렇게 부모님 걱정을 하는가?"

"그분들이 도망갈까 봐서요."

내가 아는 친지 한 사람은 아내가 언제 도망갈지 몰라 전전긍긍하면서 살아가고 있다. 대단한 성취를 이루고 돈도 많이 모았지만 인생에 대해 전혀 마음을 놓지 못한다. 아내가 친정 식구들하고 만나는 것도 싫어하고 누군가 낯선 사람이 다가오면 무엇인가 빼앗아

갈까 봐 불안해한다. 겨우 병원에는 가지 않아도 될 정도로 아슬아
슬하게 의처증 증세까지 보인다.

어떤 모임에서 사람들을 만나기만 하면 요즈음 자기 경제 형편
이 어렵다는 이야기가 주제를 이룬다. 아무도 묻지 않는데 말이다.
십 분만 함께 있으면 머리에 쥐가 나게 만드는 사람 중 하나다.

나중에 어떤 사람에게 전해 들은 이야기가 그 사람을 이해하는
데 도움을 주었다. 아버지가 일찍 세상을 떠나고 엄마하고 둘이 살
았는데, 언제부터인가 엄마가 어디엔가 정신이 팔린 것 같아 이상
한 예감이 들었다는 것이다. 그래서 밤마다 엄마 저고리 옷고름을
팔에 꼭 묶고 잤는데 아이가 잠든 사이에 엄마가 그 옷고름을 자르
고 도망가 버렸다. 그러고는 친척 집을 전전하며 어렵게 자라났다
고 한다. 그 서러움이 그의 결심을 단단하게 했고 그는 이를 악물
고 자기 분야에서 일가를 이루며 크게 성공했다.

함께 사는 사람이 도망가 버릴까 봐 불안할 때가 있다면, 자기
가 보기에도 그 사람이 과로에 지치고 불행해 보여서 그럴 것이다.
이런 상태에서 행복하고 자유로운 관계를 유지하기는 실로 어렵다.
강압과 의심이 뒤따르는 관계는 불행의 씨앗을 잉태하고 있기 때문
이다.

여자 없이 살아야 할 101가지 이유

올리버 하스라는 프랑스 작가는 남자가 왜 여자 없이 살아야 하는가에 관해 101가지 이유를 제시하는 책을 썼다. 그는 남녀 간의 대화를 종용하는 모든 사람을 비웃고 코웃음을 치며 상대도 하지 않는다.

그는 인간이 겪는 모든 문제의 발단은 하느님이 아담이 쓸쓸해 보여 여자를 만든 데 있다고 주장한다. 아담은 애초 전혀 외롭지도 쓸쓸하지도 않았다. 에덴동산에서 즐겁고 자유롭게 살고 있는데 쓸데없이 이브를 보내서 자유도 즐거움도 박탈해 버렸다는 것이다. 하기야 처음에는 이브가 신기하고 반갑기도 했을 터였다.

그러나 곧 이브는 전권을 행사하기 시작해서 누워 있으면 앉으라고 하고 앉아 있으면 물에 들어가라고 하고 물에 들어가서 놀고 있으면 어서 나오라고 하기 시작했다. 이 중에서도 압권은 맛있다면서 잘 익은 사과를 권하는 바람에 그 후예들에게 이렇게 말 못할 고생을 시키게 되었다는 것이 아닌가.

이에 게얼리스 질겐스라는 방송작가는 남자 없이 살아야 할 101가지 이유를 찾아낸 책을 썼다. 시각, 수각, 청각, 미각, 촉각, 별자리 등의 다양한 이유로 남자들의 문제를 밝혀내기도 했다. 하기야 대체로 타인에 대한 어설픈 이해라는 게 다 내 기준에서 이루어지는 것이라면, 남자가 여자를 이해하거나 여자가 남자를 이해한다는

건 사실 불가능한 것이 아닐까 싶은 생각이 들 때도 있다.

　배우자에 대해 구구절절한 불만을 털어놓는 사람들의 이야기를 단순 명료하게 요약해 본다면 '이 사람하고는 정말 못 살겠다'는 것이다. 이런 배우자일수록 다른 사람들은 다 괜찮아 보이는데 자기 배우자만 그렇다고 주장하는 경향이 강하다. 이 이야기를 더 간략하게 줄이면, 그런 상태에서 배우자를 바꿔 봤자 전혀 도움이 되지 않는다는 걸 깨닫도록 돕는 게 결혼 상담의 핵심이라고 볼 수도 있다.

결혼의 문제가 요즈음에 갑자기 일어나기 시작한 것은 아닐 것이다. 아주 오랜 옛날에도 아내들은 바가지를 박박 긁으며 남편들이 하고 싶어 하는 일은 못 하게 하고, 하고 싶지 않은 일은 하게 하는 데 귀재였다. 중세에는 이런 대화가 오고 갔다고 상상해 보라.

- "여보, 건너편 성주는 더 멋진 마법사를 또 한 명 채용했대요."

- "뭐 하러 나갈 때 투구를 써요? 당신은 안 쓰는 게 훨씬 더 살벌해 보이는데."

한때 잠깐 매력을 느꼈다고 해서 온갖 비난을 다 들으면서 그 여자하고 종신형을 살아야 하다니, 원 천만에. 그건 절대로 '노'라는 것이 올리버 하스의 주장이다.

"자기야, 자기는 과일을 많이 먹어야 해."

이렇게 유혹한 이브의 웰빙 식단 때문에 아담이 자기의 행복한 인생에 종을 친 거라고 본다면, 여자의 다정한 접근을 그대로 받아들였다가는 큰코다칠 우려가 다분하다는 것이 그의 생각이다. 그의 책을 읽고 나면 남자들은 정말 무릎을 치면서 감탄을 할 것이다. 그러나 바로 그 순간에 경외하는 아내의 목소리가 쟁쟁 들려올 것이다.

"그따위 쓸데없는 책 그만 보고 어서 청소기나 돌리라니까요."

누가 더 힘센 사람인가

가족 중에 누군가 정말 마음에 들지 않기 시작할 때 사실은 그 상대방이 극심한 스트레스 상태 아래 있다는 점에 주목해 봐야 한다.

아내가 몇 번이나 내일 어디 간다고 이야기했는데도 아침에 나 간다고 하면 남편이 깜짝 놀라, "뭐라고? 갑자기 어디를 간다는 거 야?"라고 말한다면,

"아니 내가 몇 번이나 말했어요?"

이렇게 화를 낼 상황이 아니다. 이건 스트레스를 받아 나타나는 기억력 저하 증상이기 때문이다.

"왜 그렇게 왔다 갔다만 하면서 어쩔 줄 몰라 하는 건가요. 얼른 해결책을 찾아야지요."

"어떻게 그렇게 점점 아이처럼 자기 생각만 하는 거예요?"

"아니, 시대가 변하는데 뭘 어쩌자고 낡은 생각만 한 보따리 끼 고 앉아 있는 거야."

"하루 종일 잠만 자고는 뭐가 피곤하다고 불평하는 거야."

"맨날 어디가 아프다는 거야, 아프기를…."

이런 공격은 극심한 스트레스를 받아 기능이 저하된 사람에게 터뜨리는 불평인 경우가 많다.

혹시 배우자가,

"당신이 나하고 결혼해서 고생이 너무 많아. 더 좋은 곳에 갈 수도 있었을 텐데 내가 무능해서 나 때문에 고생만 하고…"

이렇게 나온다면 이건 과도한 스트레스에서 기인한 우울증과 죄책감 때문에 줄줄 따라 나오는 대사이다. 말하자면 지금 명료한 정신으로 뉘우치고 있는 게 아니라는 뜻이다. 감동하기에는 너무 이르다.

배우자나 자녀가 하는 일마다 마음에 들지 않는다면, 비난을 퍼붓기 전에 상대방이 내게 말하지 못하는 극심한 스트레스 상황에 놓여 있는 게 아닐까 살펴보는 것이 좋다.

"아니, 아니, 잠깐만요. 자기만 스트레스를 받습니까? 예? 내가 받는 스트레스는 다 어떻게 하고요?"

일리가 있는 항변이다. 그러나 이 점을 생각해 주기 바란다. 상대방이 마음에 안 드는 점이 은행 복리 계산하듯 늘어나고 있다면, 당신은 아직도 쌩쌩하고 힘도 세고 살아갈 기운도 넘치는 사람이다.

곧 당신이 상대방보다는 좀 더 자비를 베풀 능력이 있는 것으로 해석해 볼 수 있는 신호라는 것을 헤아려 주기 바라는 바이다.

네가 너무 너무 너무 좋아

여러 가지로 기대에 어긋나는 바람에 아버지의 눈 밖에 난 아들이 있었다. 그 아들이 아버지 마음에 들지 않는 여자친구하고 결혼하겠다고 하자 아버지가 물었다.

"대체 여자친구는 네 어디가 좋다는 거냐?"

아들은 꿈꾸는 표정으로 대답했다.

"내가 세상에서 제일 잘생기고 머리도 좋고 유능한 사람이래요."

"그래? 그럼 너는 그 여자애의 어떤 점이 마음에 드는데?"

아들은 환한 미소를 지으면서 대답했다.

"내가 세상에서 제일 잘생기고 머리도 좋고 유능한 사람이라고 말하는 점이요."

하기야 내가 좋아서 죽겠다는 사람을 어떻게 안 좋아할 수가 있는가. 당연한 이야기 같지만, 그 반대로 자기를 싫어하는 사람을 진심으로 좋아하기도 쉬운 일은 아니다.

물론 이성 간의 관계에는 미묘한 밀고 당김의 기류가 있다. 그렇지만 외모나 재산, 학벌 등의 조건 때문이 아니라 내 존재 자체를 있는 그대로 좋아해 준다면 마음이 끌리지는 않더라도 최소한 호감 정도는 들기 마련이다.

한동안 인기를 끌었던 드라마에 동화 같은 이야기가 나온다. 구미호였던 여자친구가 변함없이 자기를 너무 좋아해 주는 바람에 진정한 사랑에 빠져 버린 겁 많던 남자 주인공이 자신의 목숨도 내어놓으려고 든다. 서로가 상대방의 목숨을 위해 희생하려는 아름다운 마음씨가 삼신할머니의 마음을 움직여서 구미호는 사람으로 환생을 한다는 해피엔드로 드라마는 끝난다.

시청자들의 마음을 사로잡은 여주인공은 예쁘고 매력 있기는 하지만 특별히 훌륭한 일을 한 것도 없다. 그냥 상대방이 좋아 못 견디는 표정으로, "네가 너무 너무 너무 좋아"라는 대사 하나로 시청자의 마음도 남자 주인공의 마음처럼 사로잡게 되었다는 게 아닌가.

무언가 새로운 것을 볼 때마다 활짝 웃으면서 기뻐하고 작은 것을 사 주어도 정말 눈물이 나도록 감동하는 여주인공을 보면서 사람들은 대리 만족의 환상에 젖게 되었는지도 모른다.

그 무슨 만화 같은 이야기냐고 분개하는 사람들도 있겠지만 결혼한 배우자 한쪽이 상대방을 너무 너무 너무 좋아하고 사소한 일에도 너무 너무 너무 고마워하면 그 결혼이 파탄에 이르는 경우는 드물다.

대개 결혼생활이 오래 지속되면 배우자가 너무 좋다는 표현은 어디론가 사라져 버리고 덤덤한 일상만 남게 된다. 더 나빠지는 경우는 덤덤한 일상도 모자라 너무 미운 심정이 들기도 한다.

어찌해서 서로 사귈 때 그토록 좋던 마음은 다 어디로 가 버리고 미운 마음만 남게 되는 것일까.

배우자가 마음에 들지 않을 때 두 사람이 사이가 아주 좋은 시절에 했던 일들을 다시 해 보는 것도 나쁘지 않다. 함께 여행을 가

든지, 산책을 하든지, 영화를 보든지 하는 일들은 언제나 예전 정
서를 어느 정도는 되돌려 줄 여지가 있기 때문이다.

5. 답을 찾는 사람들

왜 이렇게 화가 날까요

"걸핏하면 화를 내기 때문에 집 안이 온통 살얼음판이에요. 그 사람하고 정말 못살겠다니까요."

이렇게 하소연하는 주부하고 이야기를 나누어 본 적이 있다. 식사 준비가 좀 늦어지거나 목욕탕 수건이 조금 젖어 있거나 현관에 신지 않는 신발이 한 켤레라도 나와 있으면 미친 듯이 화를 낸다는 것이다.

"처음에는 사과도 하고 빌어도 보고 마주 화도 내 봤지만 백약이 무효해요."

그 주부는 한탄했다. 그 사람은 왜 그렇게 화를 잘 내는 것일까? 혹시 화내는 유전자가 있을까? 다혈질이라는 애매한 단어로 화 잘 내는 기질을 설명하는 사람도 있다. 하지만 화를 잘 내기까지 그 누적된 이유는 아마 한두 가지가 아닐 것이다. 인생 전반에 걸쳐 어딘가에 무언가 몹시 중대한 균형이 어그러져 있어 그렇게 된 것은 아닐까.

우리나라 사람들이 하는 농담 반, 진담 반의 말 중에 이런 말이 있다.

"아, 저 친구가 못 먹을 걸 먹었나. 왜 저렇게 하찮은 일에까지 화를 내는 거야."

높은 자리에 있는 사람들이 아랫사람들이 일을 제대로 하지 못한다고 격분하는 것도 심심치 않게 본다. 이럴 때 우리가 던져 볼 수 있는 아주 간단한 질문이 두 가지 있다. 하나는 화를 냄으로써 그 사람이 얻는 좋은 점은 무엇인가? 또 하나는 화를 냄으로써 그 사람이 얻는 좋지 않은 점은 무엇인가? 아마 누구라도 좋지 않은 점이 더 많다고 이야기할 것이다. 일은 진행될지 모르나 사람들이 화 잘 내는 사람에게서 마음을 거두어 가 버리기 때문이다.

그런 줄 알면서도 왜 이렇게 화가 나는 것일까? 정신분석학자들의 말처럼 자존감의 상실이며, 누적된 열등감이며, 사랑받지 못했던 유년기의 상처며 하는 것들이 다 화라는 태풍으로 변해서 나타나는 것일까.

가정폭력 전력이 있는 남자들과 함께 집단에 참석할 때는 분노의 원인을 따지는 이론적인 공부도 하지만, 분노를 감소시킬 수 있는 여러 가지 연습을 해 본다. 자기 생각에 왜곡된 부분이 있는지도 살펴보고, 상대방의 심정을 헤아리는 연습도 해 본다. 화가 치밀어 오르려고 할때 깊이 숨쉬기를 여러 번 반복해서 열기를 가라앉히는 연습도 해 본다.

아내에게 특별한 생일 선물을 하려고 백화점에 들렀다가 품절되는 바람에 선물도 사지 못하고 저녁 약속 시간도 지키지 못했을 때, 화 잘 내는 아내라면 남편의 의도와 결과를 잘 헤아려 보고 이해해 주기가 쉽지는 않을 것이다.

"그러게 왜 세일하는 주말에 백화점 근처에 가느냐"고 비난하는 아내에게 남편이 할 수 있는 대답은 "그러게 왜 백화점 물건만 좋아하느냐"는 비난일 가능성이 크다. 핸드볼 하듯이 서로 화를 던지면서 주고받는 셈이다.

우리가 인생에서 해 보려고 해도 되지 않는 일들이 있다. 이미 일어난 일, 곧 과거에 있었던 일을 마음에 들도록 바꾸는 것과 다른 사람을 내가 원하는 사람으로 변화시키는 것, 그리고 내 삶에 공정한 일만 일어나게 하는 것이다.

불가능한 일에 집착할수록 화는 산불처럼 그 기세가 더 커지는 것이 아닐까 싶다.

공주에게도 나쁜 일은 일어난다

'공주에게도 나쁜 일은 일어난다.'

모든 것을 다 갖춘 것 같은 사람에게도 언제나 행복한 일만 일어나는 법은 없다는 경구로 쓰이는 말이다.

우주에 사는 이성적이고 합리적인 외계인들이 지구를 정복하기 위해 교육을 시키는 도중에 '살아 있는 지구인들은 어떤 어려움을 겪고 있는가'라는 과목을 가르쳤다고 한다.

"지구인들은 잠깐 숨을 못 쉬어도 죽고, 높은 곳에서 떨어져도 죽고, 어디에 찔려도 죽고, 물에 빠져도 죽고, 상한 것을 먹어도 죽고, 사소한 병에 걸려도 죽고… 걸핏하면 우울해하고 화내고 불행해하고, 그런 기분이 극심해지면 자살까지도 한다는 것이야."

수업을 받던 외계인 중 한 명이 질문했다.

"그렇게 허약한 것들이 사는 지구별을 정복해서 대체 어디에 쓰려는 겁니까? 그 지구인들을 노예로 삼는다고 해도 제구실이나 하겠습니까?"

근엄한 외계인 스승은 대답했다.

"그렇지만 지구인의 특징 중 좋은 점 하나는 행복해질 수 있다는 희망만 계속해서 줄 수 있으면 끝도 없이 부려 먹을 수 있다는 점이다."

"언제까지 그렇게 만만하게 속아 준답니까?"

볼멘 외계인 제자의 질문에 스승은 회심의 미소를 지었다.

"그것이 특별한 점이지. 지구의 인간이라는 종족은 죽을 때까지 그걸 믿고 따라가는 놀라운 능력이 있다니까."

"그럼 아까 설명해 주신 것처럼 자살하는 지구인은 무엇입니까?"

"그거야 어느 무리에나 제정신이 박힌 존재나 쭉정이 같은 존재가 있기 마련이니까."

"그럼 그 지구인은 어느 쪽에 속하는 겁니까?"

"너야말로 어느 쪽에 속하는 것 같으냐? 대답을 제대로 하면 내가 봐주고 그렇지 않으면 우주공간으로 귀양을 보낼까 싶은데."

일설에 의하면 머리 좋은 외계인은 위험 부담을 눈치채자마자 고개를 푹 숙이고 질문을 철회했다고 한다.

과연 우리는 영원히 활용할 수 있는 행복의 비밀을 발견할 수 있을까.

심리적으로 행복해지려면 만족감, 삶의 의미 충족, 사랑이 있는 인간관계, 흥미로운 활동과 직업, 심신의 건강 등이 필요하다. 그중에 하나라도 잘되지 않으면 자기의 모든 일이 나쁜 쪽으로 가고 있다고 인식할 위험이 생긴다.

세상에 밝은 곳과 어두운 곳이 항상 함께 있듯이 우리 인생에도 좋은 일과 나쁜 일이 어느 정도 섞여 있을 수밖에 없다는 지혜를 터득해야 진정으로 행복해질 수 있을 것이다.

지구인들이 과연 그 행복의 방법을 터득할 수 있을까?

이건 단순히 지구를 정복해 보려는 외계인들만의 걱정거리는 아닌 것 같다.

마음에 드는 색깔을 못 고르셨습니까?

'초심으로 돌아가야 한다'는 말이 있다. 그런데 만약 초보 운전자의 초심으로 돌아가야 한다면 눈앞이 아찔해질 일이다.

손과 발과 눈이 왜 그렇게 따로따로 노는지, 왜 그렇게 살펴보고 따라야 하는 법규는 많은지… 물론 신중하게 운전하면서 조심조심하는 마음이야 초보 운전의 초심이 도움이 되겠지만, 차선을 바꾸지 못해 다른 도시로 가게 생겼는데 뒤에서 울리던 경적 소리를 생각하면 지금도 오금이 저린다.

중요한 사실은 어쨌거나 내가 움직여야 뒤차가 움직일 수 있다는 것이다.

결혼의 진로에도 비슷한 일이 일어난다. 형이 결혼하지 않고 우물쭈물하고 있으면 애인이 생긴 동생에게 인생의 진행에 방해가 되는 고물차 취급을 받을 수도 있다.

마땅한 인연이 나타나지 않는 거야 어쩔 수 없을 것이다. 하지만 어장의 물고기 관리하듯 결혼 후보자를 걸어 놓고 이리저리 따지면서 지나치게 망설이는 태도가 인생이라는 교통의 흐름에 막대한 지장을 초래하는 것도 사실이다.

한 남자는 매력적이기는 한데 장래성이 없고, 다른 남자는 전문직이라 좋기는 한데 마주 앉으면 할 말이 없고, 진짜 내 마음에 드는 남자는 유부남이고….

그렇다면 씩씩하고 화끈하게 어장의 문을 열어 물고기들을 다른 곳으로 보내주는 관용이라도 베풀어야 할 텐데, 이 남자도 만나고 저 남자도 만나면서 떠난 남자 생각에 눈물도 흘리고 하려면 인생이 보통 복잡해지는 것이 아니다.

이거야말로 사거리 한가운데 서서 신호등 색깔이 모두 마음에 들지 않는다며 꼼짝도 하지 않겠다는 행태하고 다를 게 없다. 우선 모든 일을 정리하고 생각해 보려면 제일 먼저 차를 옆 차선으로 옮겨서 어디엔가 주차해 놓아야 할 일이 아닌가.

운전하다 보면 계속 좌회전 신호를 주면서 우회전하는 사람도 있고, 우회전 신호를 켜 놓고 끝도 없이 직진만 하는 사람도 있다. 말하는 것과 행동이 일치하지 않는 경우와 비슷하다. 다른 사람을 심히 헷갈리게 하기 때문이다.

일전에 방향등을 반대 방향으로 켜고 달리는 앞차 때문에 하마터면 큰 사고가 날 뻔했다는 이야기를 듣더니, 어떤 사람이 이렇게 말했다.

"그 운전자, 틀림없이 우리 장모님이었을 겁니다. 장모님이 아기를 보아준다고 겨우 면허를 따셨는데 한번 깜빡이를 켜면 집에 도착할 때까지 끄시는 법이 없다니까요."

우리는 모두 웃음을 터뜨렸다.

인생의 전환기를 맞을 때마다 우리가 초보가 되는 것이 사실이다.

그렇지만 인생의 사거리에 서서 동상처럼 움직이지 않거나 방향등을 틀리게 켜서 다른 사람을 혼란스럽고 위험하게 만드는 일이 자주 생긴다면, 좀 더 연습하고 생각을 가다듬고 난 다음에 큰 거리로 나오는 것이 순서일 것 같다는 생각이 든다.

휴가 준비는 다 되셨습니까?

이즈음 점점 더 거세게 불어닥치는 다이어트 열풍은 일상적으로 적절하게 섭취하는 음식들까지 마치 외부의 적대자인 것처럼 느끼게 만든다.

"휴가 준비는 다 되셨습니까?"

이런 광고가 뜨길래, 나는 야영할 준비로 텐트나 필요한 휴가 용품에 관해 친절하게 되새겨 주면서 무언가를 판매하려는 광고 문안인 줄 알았다. 그런데 그게 아니었다.

그 문안에 이어 문자 그대로 에스라인의 곡선이 드러나는 비키니 입은 여성들이 미소 띤 얼굴로 등장했다.

"비키니를 입으시려면 지금부터 준비하셔야 합니다."

그렇다면 저 알록달록한 수영복 판매 광고인가? 아니었다. 지금부터 다이어트를 하셔야 휴가철에 비키니를 입을 수 있다는 간곡한 충고를 전하는 광고였다. 곧 얼마를 내시면(절대로 적은 돈이 아니다) 당신의 휴가를 내가 책임지겠다는 다이어트 건강식품을 빙자한, 말하자면 약 광고였다.

휴가도, 사랑도, 미래도 다 당신의 에스라인 몸매나 '왕' 자 복근이 보장한다는 식의 광고를 한두 번 본 게 아니지만, 그 광고에 홀려 슬슬 휴가 준비를 시작하느라고 거금을 투척할 선남선녀들을 생각하니 은근히 걱정되기도 했다.

캐나다 텔레비전에서 공익광고를 본 적이 있다. 20대 초반의 아주 건강해 보이고 생기 있는 젊은 여성이 풀밭 위로 걸어 나오더니 웃음이 가득한 표정으로 손에 들고 있는 붉은 사과를 한입 가득 베어 먹는 장면이 클로즈업되었다. 그리고 그 위로 글씨가 떴다.

"이 여자, 정말 아름답지 않습니까?"

처음에는 이게 화장품 광고인가 샴푸 광고인가 했는데, 아무런 상품 광고도 뒤따라 나오지 않았다. 나중에야 그것이 다이어트에 관한 강박증에서 벗어나자는 광고임을 알게 되었다. 모델처럼 지나치게 마른 몸매를 이상으로 삼지 말고 적절한 운동과 적절한 식사량을 유지하는 것이 최고의 건강한 다이어트라고 생각하도록 청소년들을 돕자는 것이 그 주안점이라고 했다.

설득하려고 들거나 강요하지 않는 공익광고가 주는 이미지는 강렬했다. 풀밭의 초록빛과 하늘의 푸른빛과 어울려 사과를 손에 들고 있는 그 여자는 흩날리는 갈색 머리카락과 황금색 피부 빛이 어울려 대지의 여신처럼 아름다웠다.

일전에 다이어트에 관한 라디오 좌담회 내용을 들었다. 한 참석자가 다이어트에 관한 자신의 소신을 피력했다.

"다이어트에 제일 좋은 건 조금 덜 먹는 것뿐입니다. 필요한 열량보다 더 섭취하는 게 문제의 근원입니다."

다른 참석자가 이의를 제기했다.

"그렇지만 체질상의 문제도 있고 또 날씬한 몸을 지니더라도 건강하지 않으면 소용이 없으니까 반드시 운동을 병행해야 합니다."

다른 참석자가 나섰다.

"지나친 다이어트 열풍이 여성들의 몸과 마음에 주는 해독이 적지 않습니다. 사회적인 인식이 바뀌지 않으면 어떤 이론이 맞더라도 현실은 바뀌지 않을 것입니다."

결국 그날의 결론은, 다음과 같은 작은 계획을 세워서 꾸준하게 실천하자는 것이었다.

남이 정해 놓은 극단적인 미의 기준 때문에 금전과 시간의 낭비를 하지 말자.

적절한 계획 없이 굶기를 예사로 하지 말자.

밤 8시 이후에는 음식을 먹지 말자.

되도록 계단을 걸어 다니자.

내게 맞는 작은 계획들을 꾸준히 실천할 수 있다면 다음 휴가에는 약품이나 단식의 도움 없이도 아름답고 건강한 자태를 무리 없이 뽐낼 수 있을 것 같다.

두 사람의 동상

광화문 광장에는 두 사람의 동상이 있다. 세종대왕과 이순신 장군.

사소한 견해 차이가 있을지 모르지만 이 두 사람이 우리나라 역사상 가장 훌륭한 리더십을 보여 준 사람이라는 데는 별 이견이 없을 것이다.

훌륭한 리더란 엄격함과 친절함, 공정성의 세 가지 덕목이 솥발처럼 잘 균형을 잡고 있는 사람일 것이다.

무골호인이라는 소리를 자주 듣는 사람은 대체로 누구에게나 친절할지는 모르지만, 엄격성이나 공정함에서는 흔들릴 우려가 다분히 있다.

"거, 참 좋은 사람인데 운이 나빠 가지고."

어떤 문제에 연루된 사람에 관해 이야기할 때 그 '좋은 사람'의 기준이 가장 혼돈스러운 나라 중 하나가 바로 우리나라가 아닐까 싶다.

사과 궤짝 속에서 돈뭉치가 나왔지만, 그것을 건네준 사람이 민망하고 자존심이 상할까 봐 슬그머니 받아 챙겨 놓는다면 이는 좋은 사람이라고 보기 어렵다. 원칙과 공정성을 어겨서 문제의 소지가 될 요인을 많이 가진 사람이다. 사람들은 냉철한 판단력 없이 마음만 좋은 호인 타입의 리더를 원하지는 않는다.

"우리 교장 선생님은 너무 엄격해서 가까이 가기가 어렵다"고 말하는 교사들도 있다. 이 교장이 교사들에게 공정하게 사심 없이 각자에 걸맞은 자리를 찾아 주려고 노력한다면 교사들은 그에게 존경심을 품을 것이다. 물론 이 교장이 지나치게 냉정해서 사람들의 심정이나 상황을 전혀 배려하지 않고 원칙과 공정성만 내세운다면 탁월한 리더로서는 결격사유가 있다고 할 것이다.

읍참마속이라는 고사가 있다. 너무나 아기는 부하임에도 규율을 어긴 부하 마속을 참한 제갈량의 이야기가 실린 《삼국지》의 한 장면에서 유래한 말이다. 엄격하고 공정한 결단이지만 부하를 처벌하며 그는 아픈 마음을 견디지 못하고 눈물을 흘린다.

엄격함, 친절함, 공정성의 덕목을 다 갖춘 사람 밑에 있게 되면 큰 약점이 있는 사람도 빛을 발할 가능성이 커진다. 《삼국지》의 장비는 혈기를 이기지 못해 사사건건 말썽을 일으킨다. 삼고초려 끝에 발탁한 제갈량에 대해서도 마땅치 않아 하는 태도를 취하지만 유비, 관운장과 도원결의를 맺은 굳은 마음은 변함이 없다. 그렇기에 덕이 높은 유비 밑에서 장군 노릇을 잘 수행할 수 있었다.

평가하는 방식은 사람마다 다르겠지만, 조조의 태도에 존경과 애착을 느끼기 어려운 이유도 그가 이익과 목적하는 바를 얻기 위해서 의리나 원칙을 쉽게 저버리기 때문이다.

이익 때문이 아니라 사사로운 인정에 이끌려 원칙과 공정성을 저버리는 사람도 국민이나 역사의 좋은 평가를 받는 리더가 되지 못한다.

위에서 말한 세 가지 덕목의 균형을 잡기란 실로 쉬운 일이 아닐 것이다. 그런 관점에서 볼 때 인간에 대한 배려와 친근함, 원칙을 지키는 단단함, 공정한 일 처리에 나무랄 부분이 없었던 세종대왕과 이순신 장군은 누구와도 견주기 어려운 탁월한 리더로 젊은이들이 생의 귀감으로 삼을 만한 인물이었다고 할 수 있다.

내 친구는 누구인가

미국의 현실치료 학회에서 만난 심리학 교수 패리시(T. Parish)는 큼지막한 체구에 웃기도 잘하고 학회가 끝나는 날 밤 댄스파티에서는 밤을 새우고 춤추며 즐겁게 놀았다. 그는 명강의를 하기로 정평이 나 있는 사람이다. 학회에서 그가 발표한 다음에 한 사람이 질문을 던졌다.

"교수님께 가장 큰 영향을 끼친 사람은 누구입니까?"

사람들은 박학다식한 그가 프로이트나 융, 애들러, 스키너, 로저스, 글라써 등의 이름을 꼽으리라고 기대했는데, 그의 대답은 의외였다.

"내게 가장 커다란 영향을 끼친 사람은 우리 할머니였습니다."

고개를 갸우뚱하는 청중에게 그는 말했다.

"그분은 어려서부터 정말 나를 좋아하고 이해하고 사랑해 주셨습니다. 내가 인생에서 만났던 가장 훌륭한 친구라고 할 수 있습니다."

그는 조금 의아해하는 청중에게 이렇게 덧붙였다.

"친구란 내가 스스로를 좋아할 수 있도록 도와주는 사람입니다. 그리고 내 안에 있는 좋은 점을 찾아 다른 사람들에게 이야기해 주는 사람이지요. 친구는 강요하지 않고 그냥 좋은 모습을 기대하고, 나는 그를 실망시키지 않으려고 최선을 다하게 되는 사람입니다. 친구는 내 잘못과 단점을 보는 데는 시력이 약합니다. 그리고 충고보다는 도움을 주는 경우가 많습니다. 친구는 내가 실수를 하거나 어려운 일에 빠져들었을 때도 언제나 '사랑한다'고 말해 주는 사람입니다. 할머니는 늘 이런 친구 역할을 해 주셔서 난관에 부딪칠 때마다 내게 제일 큰 힘을 주셨던 분입니다."

사람들은 강의실이 떠나가도록 크게 박수를 쳤다. 다들 그처럼 자기를 사랑해 주는 할머니를 어려서부터 친구로 곁에 두었던 그를 부러워하는 것 같았다.

안전한 곳은 어디인가

노상 안전 문제에 노심초사하는 사람들에 관한 농담이 있다. 할아버지도 바다에서 실종되고 아버지도 바다에서 실종된 사람이 또 배를 타고 나가는 것을 보고, 이웃 사람이 죽을까 봐 겁도 나지 않느냐고 만류했다. 그러자 그 사람이 물었다.

"댁의 할아버지는 어디서 돌아가셨는데요?"

"그거야 집 아랫목에서 편하게 돌아가셨지요."

"그럼 아버님은 어디에서 돌아가셨습니까?"

"아, 아버님도 집 아랫목에서 편하게 돌아가셨습니다."

이 사람은 다시 물었다.

"아니, 사람이 거기서 둘이나 죽었다면서 아랫목에 눕는 게 겁도 나지 않으슈?"

하기야 농담이라고만 하기도 어렵다. 신문이나 텔레비전에 나오는 뉴스들을 보면 크고 작은 사고 소식들로 점철되어 있다. 개인의 힘으로 어찌해 볼 수 없는 대형 사고들도 자주 일어난다. 찻길을 조심한다거나, 비행기를 안 탄다거나, 밤길을 다니지 않는다고 해서 절대로 안전이 보장되지 않는 세상에 이제 살게 된 것이다.

멀쩡하게 인도에서 걸어가다가 급발진하는 자동차에 치이기도 하고 높은 곳에서 우연히 떨어지는 물건에 맞아 생명을 잃는 경우도 생긴다. 물론 마음에 여유를 지니고 살아갈 수 있다면 미리미리

조심하고 예기치 않게 일어나는 불행한 일도 상당히 수용해 볼 수 있다. 그러나 항상 균형 잡히고 평화로운 심정으로 살아가기는 쉽지 않은 일이다.

삶의 지혜를 지니고 살았던 옛 노인들은 결혼이나 출산, 이사처럼 큰일을 앞둔 젊은이들에게 다음과 같이 조언하고는 했다.

"그저 모든 일에 조심해야 한다. 좋은 일이나 궂은일이나 첫째도 조심, 둘째도 조심, 셋째도 조심을 내세우고 대처해 가야 안전하게 살아갈 수 있다."

온갖 안전과 편리함과 빠른 속도를 보장해 주겠다는 문명의 이기에 둘러싸여 있으면서 언제 어떤 문제에 부딪칠지 모른다는 불안을 안고 살아가는 현대인의 모습은 아이러니가 아닐 수 없다.

그렇다고 자동차나 엘리베이터 같은 것들을 이용하지 않고는 살아갈 수 없는 세상이기에, 우리 마음속 깊은 곳에는 자연과 더불어 안전하게 사는 삶에 대한 동경이 높아지기도 한다.

우리는 문명인의 생활을 하면서 서두르는 것은 배웠지만 느긋하고 여유 있는 인생에 관해서는 역설적으로 아무것도 배우지 못하고 있다는 생각을 떨치기가 어렵다.

생존을 위협하는 물리적인 조건들은 매번 다른 형태로 인류 역사에 상존해 왔지만, 그 위협을 견디어 내는 방법은 개인 내적인 측면이나 인간관계에 달려 있는 경우도 많다. 인간관계의 불화와 피곤함에 만성적으로 시달리게 되면, 위험에 대처하는 데 꼭 필요한 이성적인 부분이 마모되기 쉬워서 적절하고 올바른 판단을 내리기 어렵기 때문이다.

6. 이야기 속의 사람들

독서, 그 행복한 경험

데이비드 샐린저가 쓴 《호밀밭의 파수꾼》(1951)의 주인공 '홀든'은 자신이 이다음에 글을 쓰면 사람들이 그 글을 읽고 '아, 정말 이 사람과 친구가 되고 싶다'라고 느껴 주기를 바란다고 말한다.

그래서인지 책 속의 주인공들을 친구 삼아 들끓는 청춘의 시기를 넘겼다는 사람들도 많다. 주인공들이 처했던 상황을 떠올리면서 어려운 시기를 유연하게 받아들일 수도 있고, 바로 곁에 있는 사람들처럼 그들과 마음이 통하는 진정한 친구가 될 수도 있기 때문이다.

마음에 꼭 드는 책을 손에 잡을 때의 기쁨과 즐거움, 기대는 다른 어떤 것과 비교하기 어렵다. 책 속에 몰입할 때 우리는 시간도 공간도, 심지어는 자기 자신에 대한 자의식까지도 사라지는 경험을 하곤 한다.

사는 것이 재미없다고 호소하는 사람들을 보면 즐겁게 자신을 잊을 정도로 몰입할 수 있는 일을 찾지 못한 경우가 대부분이다. 이럴 때 누군가 쉽고 재미있는 책을 권유하는 것은 좋은 일일 것

이다. 음악이나 스포츠 같은 일에 몰두하는 것도 좋지만 독서는 책 한 권만 있으면 언제 어디에서나 쉽게 빠져들 수 있다. 이야기에 귀를 기울이는 인간의 속성은 상황이나 시대가 바뀌어도 좀처럼 변하지 않는다. 이즈음 사람들이 책을 읽지 않는다는 비판도 많지만, 그 많은 드라마며 예능 프로그램, 네티즌들의 악플도 다 세상 돌아가는 이야기에 귀를 기울이는 인간의 속성에 그 뿌리를 내리고 있다.

사실 책에는 우리가 듣고 싶어 하는 온갖 재미난 이야기가 다 담겨 있다. 하지만 숙제처럼 책을 떠안기면 오히려 책을 기피하게 되어 버리기도 한다. 가까운 사람이 책 읽기를 바란다면 책 속에 나오는 이야기를 자연스럽게 들려주는 것이 좋다.

흥미 있는 이야기를 많이 듣고 자란 아이는 마침내 질문을 던진다.

"그런데 엄마, 그 이야기들이 다 어디에서 나왔어?"

"그런 이야기들은 다 책 속에 있지. 네가 크면 전부 너 혼자서 읽을 수 있어."

이런 대화가 음악처럼 오고 간다면 독서를 하려는 동기가 그리 어렵지 않게 생길 것이다. 그러고 보면 책에 별 관심이 없는 사람들도 영화나 드라마를 본 다음 그 이야기에 끌려 원작을 찾아 읽는 경우가 많지 않은가.

<목걸이>를 다시 읽고

모파상은 <목걸이>(1884)라는 단편소설에서 인생의 단면을 냉철하게 보여 준다. 하급 관리의 아내인 미모의 여주인공은 자신의 초라한 삶에 절망하며 불행감에 사로잡혀 살아간다. 자기가 원하던 삶은 이런 모습이 아니었기 때문이다. 어느 날 우연한 기회에 초청받은 상류 사회의 파티에서 그녀는 쏟아지는 찬사에 휩싸여 황홀한 시간을 보낸다. 그런데 모처럼 허영심을 충족시키고 한껏 인기도 끌었던 파티에서 돌아오는 길에 그녀는 친구에게 빌렸던 다이아몬드 목걸이를 잃어버리고 만다.

목걸이 값을 갚기 위해 하녀를 내보내고 싸구려 다락방으로 이사한 그녀는 하층 계급 여자들처럼 부엌 쓰레기를 큰길로 내어 가고 힘에 겨워 계단에서 쉬면서 물을 길어 올린다. 허드렛일까지 도맡아 하는 십 년 세월은 여주인공을 드세고 우락부락하고 지독한 여자, 가난에 찌든 단단한 여자로 변하게 한다.

남편이 일을 나간 후 조금 한가할 때면 그녀는 창가에 앉아 하염없이 그 옛날 파티 생각에 잠겼다. 그 누구보다도 아름다워 여왕처럼 칭송을 받던 그날 밤의 장면들, 만약… 그 목걸이를 잃어버리지 않았더라면 어떻게 되었을까? 누가 알 수 있으랴.

빚을 다 갚은 후, 고된 일상 속에 틈을 내어 산책을 나간 그녀는 샹젤리제 거리에서 여전히 젊고 매력적인 옛 친구를 우연히 만난

다. 십 년 전 돌려준 목걸이가 바뀐 걸 몰랐느냐고 자랑스럽게 말하는 그녀의 손을 잡으며 깜짝 놀란 친구는 이렇게 말한다.

"어머, 어떡하면 좋아 마틸드. 내 건 가짜였어. 기껏해야 오백 프랑밖에 나가지 않는…."

이 여주인공은 가짜 목걸이를 진품인 줄 알고 인생을 허비했다. 한 사람이 파멸하거나 반대로 구원을 얻거나 하는 게 그렇게 사소한 일 하나로도 충분했던 것이다.

한 시대의 고전으로 남은 이 단편은 워낙 여러 곳에 실려 있기에 몇 번이나 다시 읽어 볼 기회가 있었다. 권선징악의 틀에 갇힌 도덕교육에 물들어 있던 10대에 처음 이 글을 읽었을 때는 자신의 삶에 만족하지 못하고 허영심과 불만에 가득 찬 여자는 결국 불행하게 되고 만다는 메시지가 가장 먼저 들어왔다.

대학에 다니던 20대에 이 글을 읽었을 때는 한 인간의 삶의 부침을 군더더기 없이 간결하고 정확하게 묘사하는 작가의 능력에 경도되는 느낌이 들었다. 그 섬세함을 전할 수 있는 문장의 탁월한 아름다움에도 처음 눈을 뜬 시기였다. 주인공의 다음 행보에 대해 나름대로 상상해 보기도 했다. 옛 친구는 받은 목걸이 값을 되돌려 주었겠지. 그 돈으로 그 여자가 집도 가구도 다시 장만하고 행복하게 살게 되었을까. 하지만 젊음과 미모가 다 사라진 다음에 돈이 생긴다고 해서 그 여자가 행복해지기는 어렵지 않았을까 하는 생각도 했다. 돌이켜 보면 그때는 젊음이라는 무형의 자산에 최우선의 가치를 두었던 것 같다.

흥미롭게도 30대에 다시 이 글을 읽었을 때, 전에는 전혀 보이지 않던 남편의 모습이 보이기 시작했다. 아내를 행복하게 해 주기 위해 초청장을 얻어 오고 그녀가 원하는 파티복을 만들어 주기 위해 애쓰는 모습, 목걸이를 잃은 아내를 질책하지 않고 묵묵히 지니고 있던 돈을 다 내어놓고 모자라는 돈을 구하기 위해 수도 없이 고리채를 얻는 모습, 빚을 갚기 위해 밤잠도 줄이며 근무시간 외의 일을 묵묵히 하는 모습이.

40대가 지나면서 그 글을 다시 읽었을 때는 여주인공에게 깊은 연민이 느껴졌다. 자기 삶이 원하는 것처럼 품위 있고 우아한 것이 아니라고 불행해하는 그녀를 그렇게 간단히 매도하기만 할 수 있을까. 좀 더 나은 화려한 삶을 하룻저녁 꿈처럼 들여다보았다고 해서 그렇게 극심한 불행의 구렁텅이로 떨어져야만 하는가.

최근에 다시 이 글을 읽었을 때는 목걸이를 잃은 후에 보이는 여주인공의 태도가 다른 의미에서 인상적으로 느껴졌다. 원하던 삶에서 훨씬 더 멀어졌지만 장바구니를 끼고 물건값을 억척스럽게 깎는 그녀에게서 오히려 강인한 생명력이 뿜어져 나오는 느낌도 들었다. 말하자면 삶의 현장에 뛰어든 그녀에게서 살아 있는 인간의 체취가 느껴지는 부분이 있었던 것이다.

어쩌면 이 부부는 힘들고 치열했지만 정직하게 살아낸 그 십 년 동안 서로를 믿고 의지하는 동지애를 지니게 된 것은 아닐까. 몰락한 삶의 원인 제공자가 된 아내는 남편에게 미안하고 고마운 마음이 있었으리라고 추측해 보기도 했다. 그 부부는 다른 잡념 없이 빚을 갚으려는 같은 목표를 지니고 한마음이 되어 일하던 그때, 역

설적으로 진정한 행복에 가까워졌을지 모른다는 생각도 들었다.

고전에는 프리즘이 반사해 내는 태양의 빛깔이 시각에 따라 변하듯, 같은 글에서도 다른 느낌을 경험해 볼 수 있는 미묘한 점이 있다. 그러나 가볍고 일회적인 세태 소설의 주인공들을 만나는 경우, 주인공에 대한 상상의 여지는 상당히 좁은 폭으로 줄어든다. 다시 읽고 재해석해 볼 여지가 별로 없을 정도로 단순하고 즉물적인 인간상을 보여 주기 때문이다.

이즈음 홍수처럼 밀려오는 온갖 분야의 실용서나 쉽고 가벼운 책의 기세에 밀려 고전의 힘이 꺾이지 않을까 하는 우려도 있지만, 인간의 상상력과 이성이 존재하는 한 그렇게 되지는 않을 것이다. 물질 만능주의에 휩쓸려 심장 없는 양철 인간처럼 느껴지기도 하는 자신과 타인에 대해 깊은 성찰을 하고자 하는 사람들 곁에 고전은 언제나 머물러 있을 것이니 말이다.

장의 사랑, 어머니의 사랑

젊은이의 이름은 장이었다. 스무 살의 건강한 농부인 그는 빼어난 미남이라 많은 여자들의 관심의 대상이었다. 하지만 그의 머릿속에는 오직 한 여자밖에 없었다. 그녀는 비로드와 레이스로 치장한 젊고 아리따운 아를의 여인이었다.

그녀는 바람기가 있다고 소문이 나 있어 장의 부모는 두 사람의 관계를 달가워하지 않았다. 그래도 장은 간절히 그 여인을 원했다. 어쩔 수 없다고 생각한 부모는 추수가 끝나고 나서 두 사람을 결혼시키기로 했다. 그때 한 남자가 나타나 장의 아버지에게 그 여자가 2년 동안 자기의 정부였던 부정한 여자라고 폭로했다. 그날 밤, 장과 아버지는 함께 들로 나가 오래도록 밖에 있었다. 아들과 함께 돌아온 아버지는 늦도록 기다리고 있던 어머니에게 말했다.

"이 가엾은 녀석을 좀 안아 주구려!"

그 후 그는 아를의 여인에 대해서 이야기하지 않았다. 하지만 여전히 그녀를 사랑했고 다른 남자의 여자라는 것을 알고도 간절히 그녀를 원했다. 그렇지만 젊은 자존심 때문에 입을 열지는 못했다. 그는 며칠씩 방에 틀어박혀 있기도 했고 미친 듯이 들판으로 나가 열 사람 몫의 일을 혼자 해치우기도 했다. 마을 사람들은 슬픔에 잠긴 장을 보고 다들 안타까워했다. 어느 날, 식탁에 앉은 어머니가 눈물이 글썽해서 아들을 바라보며 말했다.

"얘야, 네가 그렇게 소원이라면 그 여자와 결혼시켜 주마."

그는 조용히 고개를 저으며 밖으로 나가 버렸다. 그날 이후 장은 부모님이 마음을 놓을 수 있도록 늘 즐거운 척했다. 무도회나 술집에서, 사육제에서 다시 그의 모습을 볼 수 있었다. 퐁비유의 축제에서는 파랑돌 춤의 앞장을 서기도 했다. 아버지는 이젠 상처가 아물었나 보다 했지만 어머니는 여전히 불안했다.

지주들의 수호신인 성 엘로아의 축제일이 되자 농가에서는 큰 잔치가 벌어졌다. 모두 지쳐 쓰러지도록 파랑돌 춤을 추었다. 장도 즐거운 듯이 어머니에게 춤추기를 권하자 그 가엾은 어머니는 기쁨에 넘쳐 눈물을 흘렸다.

한밤중이 되어서야 잔치는 끝나고 모두 곤하게 잠들었다. 그날 새벽녘, 어머니는 누군가 자기 방 앞을 달려 지나가는 소리를 들었다. 그 순간, 어떤 불길한 예감이 머리를 스치고 지나갔다.

"장, 장이냐?"

장은 대답하지 않고 다락방으로 달려 올라가 문을 닫고 빗장을 걸었다. 어머니는 그 뒤를 따라갔다.

"얘야, 제발!"

어머니는 떨리는 늙은 손으로 더듬어 빗장을 찾았다. 그 순간, 창이 열리면서 무엇인가 무거운 것이 뜰의 포석 위에 떨어지는 소리가 들렸다. 그뿐이었다.

그날 아침, 마을 사람들은 그 집에서 누가 그렇게 슬피 우는지 의아하게 여겼다. 그것은 이슬과 피에 젖은 돌 탁자 앞에서 죽은 아들을 품에 안고 비탄에 젖어 통곡하는 어머니의 울음소리였다.

알퐁스 도데의 단편 〈아를의 여인〉(1869)을 여러 차례에 걸쳐 다시 읽을 기회가 있었다. 젊어서 읽을 때는 장의 사랑만이 가슴속에 사무쳤다. 한 여자에 대한 사랑을 잊을 수 없어 모든 것을 거는 젊은 청년의 모습은 낭만적인 사랑의 극치를 보여 주는 것만 같았다. 그리고 굳이 그 집에 찾아와서 여자의 과거를 폭로했던 그 정부의 마음을 이해하기 어려웠다. 떠나간 사랑을 그냥 보내주면 안 되었던 것일까. 그 남자가 매력적인 옛 연인을 경멸하면서도 잊을 수 없었을 것임을 이해한 것은 중년에 다시 읽었을 때였다.

아를의 여인에게도 좀 더 동정의 마음이 기울었다. 방탕한 여자라는 평판이 있었지만 그 여자가 처음으로 진실한 사랑을 준 사람이 장일지도 모르지 않는가.

더 나이가 들어 다시 읽었을 때 가장 가슴 저리게 느껴지는 사람은 장의 어머니다. 다시 명랑해져서 춤을 추는 아들을 보며 기쁨의 눈물을 흘리던 어머니, 이슬과 피에 젖은 돌 탁자 앞에서 죽은 아들을 품에 안고 가슴을 풀어 헤친 채 비탄에 젖어 통곡하는 어머니.

장인들 어찌할 수 없었을 것이다. 부모님을 위해 즐거운 모습을 보이려고 노력했던 것이 오히려 슬픔을 더 깊게 했을지도 모른다.

'그 여자를 아무래도 잊을 수 없어. 차라리 죽는 게 나아.'

마을 처녀들과 춤추면서도 오로지 한 여자만을 절절히 그리워했을 그의 마음에 마침내 결심이 서는 그 순간. 사려 깊은 아버지도, 착한 동생도, 아들을 생각하며 옆방에 자리를 펴고 새우잠을 자던 어머니도 그가 절망을 이겨 내도록 도울 수 없었다.

과연 인간에게 진실하고 영원한 사랑은 평생 단 한 번만 찾아오는 것일까. 이런 사랑을 잃고 나면 너무나도 큰 충격에 마음은 지치고 황폐해져서 다른 사랑이 깃들기 어렵게 되는 것일까.

인간은 몇 번이고 온 마음을 바쳐 사랑할 수 있다고 주장하는 사람도 있다. 로미오와 줄리엣처럼, 젊은 베르테르처럼, 그리고 순수한 장처럼 사랑의 상실을 견디지 못해 자살하는 사람도 있고 돈 호세나 오셀로처럼 사랑에서 비롯된 질투 때문에 상대방을 살해하는 경우도 있다. 하지만 그것이 유일하고 영원한 사랑을 보여 주는 증거라고 보기 어렵다고 말하는 사람도 많다. 그들이 죽지 않고 살아 있었다면 사랑의 상처도 언젠가는 아물었을 것이고, 그들은 다시 다른 사랑을 하며 살았으리라는 것이다.

과연 어떤 것이 사랑의 정답일까.

풍차 방앗간을 내려와 팽나무가 널따란 뜰 깊숙한 곳에 서 있는 조용한 농가 앞을 지나던 작가, 알퐁스 도데는 천천히 움직이는 마차의 건초 더미 위에서 이 집에 얽힌 슬픈 이야기를 전해 듣는다. 사랑에 목숨을 건 장과 비탄에 젖은 어머니의 이야기를….

다시 읽을 때마다 주인공들의 입장은 조금씩 다르게 보인다. 하지만 절망 끝에 높은 다락방에서 뛰어내렸던 장과 죽은 아들을 끌어안은 그의 어머니 이야기는 언제나 마음속 깊은 곳에 아픈 사랑과 슬픔의 감정을 불러일으킨다.

나는 당신을 봅니다

장안의 화제를 모았던 영화 〈아바타〉(2009)는 혁신적 촬영 기술과 압도적인 영상미로 시선을 끌었다. 이 영화에서 가장 인상적인 부분은 "나는 당신을 봅니다"라는 짧은 대사였다. 이 말은 "당신을 사랑합니다"라는 말보다 더 깊은 울림을 가져다주었다. 우리가 겪고 있는 크고 작은 오해가 상대방을 잘 보지 못하고 있는 데서 생긴다는 생각이 들었다.

가족 간의 불화도 서로 제대로 잘 보지 못해서 생긴다. 우리는 가족 구성원이 어떻게 생겼는지 키는 몇 센티미터쯤 되는지 몸무게는 어느 정도인지 대강 알고 있지만, 무슨 생각을 하는지 지금 무슨 감정을 느끼는지 이해하지 못하는 경우가 많다. 그렇다면 그 사람을 진정으로 '본다'기보다는 그 사람의 외관에 대한 정보만을 알 뿐이라고 할 수 있다.

상대방을 바로 보기 위해 가장 중요한 것은 그들을 비추는 거울이 되는 자기 자신을 제대로 보는 일일 것이다.

사실 우리는 자신이 상대방에게 어떤 표정을 짓는지 어떤 투로 말을 하는지 자세히 알지 못한다. 상대방의 태도가 내 표정과 말투에 대한 반응이라기보다는 자기 멋대로의 부정적인 태도라고 보기 때문에 상대방에게 모든 탓을 돌리는 경우도 많은 것이다.

미리엘 신부는 황폐하고 거친 장 발장에게서 순수하고 따뜻한

사람의 모습을 보았다. 장 발장은 딸 코제트를 위해 창녀 생활까지 하다가 세상에서 버림받고 죽어가는 팡틴에게서 사랑으로 가득 찬 한 인간의 모습을 보았다. 그리고 눈치만 보며 사느라 겁에 질린 코제트에게서는 어린 소녀의 다정한 모습을 보았다.

그런데 법을 수호한다는 명분으로 범법자를 추적하는 자베르 경감은 장 발장에게서 죄를 지은 악인의 모습 이외에는 보지 못했다. 단죄의 대상으로만 보았던 장 발장에게 생명을 구제받은 그는, 일생을 추구해 왔던 가치에 대한 혼돈과 갈등에 빠져 결국 강물에 몸을 던져 목숨을 끊고 만다.

이 같은 극단적인 파국을 막을 수 있는 방도는 내가 부정적으로 보는 사람에 대해 오늘 다시 생각해 보고 자기 자신에게 조용히 물어보는 것이 아닐까.

'나는 과연 그를 바로 보고 있는가.'

'내 편견이 그 사람의 참된 모습 보기를 막고 있는 것은 아닌가.'

그 답을 곰곰이 생각해 보다가 부정적인 장막을 걷어 낼 수 있다면, 우리도 그 사람을 향해 이렇게 말할 수 있지 않을까.

"나는 당신을 봅니다."

창문을 열어 다오

　월리엄 포크너의 단편소설 〈에밀리의 장미〉(1930)의 주인공 에밀리는 권위적이고 지배적인 아버지 때문에 모든 구혼자들로부터 차단당한다. 아버지가 세상을 떠난 후 에밀리는 창문을 닫고 사람들을 만나지 않는다. 하인만 뒷문으로 드나들 뿐 그녀는 세상으로 향하는 모든 통로를 차단한다. 에밀리는 일종의 치외법권 지대에 사는 사람처럼 낡은 집에 틀어박혀 살아간다. 마을 사람들은 몇 번 밖으로 나올 수 있도록 이런저런 권유도 하고 세금을 걷어 보려고도 했지만 그녀를 이기지 못하고 그대로 내버려둔다. 나이 들어 그녀가 74세의 나이로 세상을 떠난 후에야 마을 사람들은 그녀의 집 안을 볼 수 있었다.

　그들은 침대 위에서 오래전 이곳을 떠난 것으로 알려졌던 그녀의 애인이 뼈만 남은 채 누워 있는 것을 발견한다. 에밀리는 죽어버린 애인에게 사로잡힌 채 살았다. 그녀는 창문을 닫고 소통을 끊어 산 채로 다른 세계로 이동해 버렸던 것이다.

　찰스 디킨스의 〈크리스마스 캐럴〉(1843)에 나오는 고독한 스크루지는 크리스마스 날 아침에 창문을 활짝 연다. 크리스마스이브에 사촌의 초대를 거절하고 집에서 혼자 잠들었던 그는 동업자였던 마레가 보여 준 유령들과 만나서 자신의 불우한 과거를 보고 사랑하던 여자가 떠나는 것을 보며 흐느껴 운다.

자신의 쓸쓸한 현재 모습과 고독한 미래를 보고 난 다음 날 아침, 그는 창문을 연다. 그는 가난한 사람에게 가장 커다란 칠면조를 선물하고 사람들의 모임에 참석하면서 활기 있게 사는 삶 속으로 섞여 들어간다.

그는 인색한 삶을 지속할 것을 고집하지 않고 미래로 향하는 길을 택했다. 불우했던 어린 시절의 고통과 불안을 떠나보낼 수 있었던 그는 변화한다. 창문을 열고 하루를 좋은 일로 시작하려 결심을 하게 된 것이다.

창문을 여는 것은 세상과 교류를 맺겠다는 의사표시다. 조화로운 삶을 살고 있는 사람들은 세상과 연관된 끈을 끊지 않는다.

창문을 열어 다오.
내 그리운 마리아.

이 노래는 실상 마음의 문을 열어 달라는 은유가 아닌가. 창문을 여는 사람들은 세상에 속해 있으며 주변에서 일어나는 일들에도 관심이 있기에 자연스럽게 주변 사람으로부터도 관심을 받게 된다.

우리도 지금 바로 일어나서 창문을 열고 맑은 바람이 방 안으로 들어오도록 하는 것은 어떨까.

달빛 영화

한때 가수로 일세를 풍미했던 셰어가 주인공으로 나온 영화 〈문스트럭〉(1989)에서는 떠들썩한 이탈리아 가족을 배경으로 한 결혼 이야기를 유쾌하게 들려준다.

셰어가 분한 로레타는 이탈리아인 특유의 검은 머리칼 속에서 흰 머리카락을 뽑아내며 한탄하는 만만치 않은 나이의 미망인이다. 배우자와 사별 후 부모와 동거하고 있지만 사람 좋고 편안한 어린 시절 소꿉친구인 조니와 재혼하는 것이 노후를 위한 최선의 방책임을 알고 있을 정도로는 철이 들었다.

그런데 조니와 대화할 때의 로레타는 편안해 보이지만 그 눈이 전혀 빛나지 않는다.

그에게서 엎드려 절 받기로 청혼을 받은 날 집에 돌아와 로레타가 어머니와 주고받는 말이 인상적이다. 청혼을 받았다는 말을 듣고 어머니가 묻는다.

"너, 그 사람을 사랑하니?"

딸의 대답에는 지루한 권태로움이 섞여 있다.

"아니야. 엄마."

"좋아는 하지?"

"응."

그러자 어머니가 기뻐하면서 말한다.

"그래, 그렇다면 정말 좋은 결혼이 되겠다. 사랑은 미친 짓이거든!"

결혼을 준비하던 어느 날, 약혼자 조니는 노모가 위독하다는 소식을 듣고 황급히 시칠리아로 떠난다. 그리고 로레타는 조니의 요청에 따라 오랫동안 소식이 없다는 약혼자의 동생에게 결혼 소식을 전하러 가는 임무를 떠맡게 된다.

제빵사인 동생은 자기가 손에 장애를 입은 게 형 탓인데 형만 결혼해서 잘 살게 되는 게 말이 되느냐고 흥분해서 길길이 날뛴다. 그를 진정시키려던 로레타는 어쩌다 보니까 너무나 밝고 둥근 달이 떠 있는 밤이라 그에게 반해 사랑에 빠져든다.

모든 것을 비밀로 덮고 그냥 형 조니와 결혼하겠다는 로레타에게 그는 소원을 말한다. 함께 오페라를 보러 가자고. 자기는 자신이 좋아하는 일을 해 본 적이 거의 없고, 좋아하는 일이 두 가지 이상 한꺼번에 일어난 경우는 한 번도 없었다면서, 내가 오페라를 좋아하고 당신을 좋아하니까 인생에서 처음으로 좋아하는 일 두 가지를 함께 누려 보게 해 달라고 조른다.

한껏 멋을 내고 매력적인 모습으로 다시 만난 두 사람은 달콤하고 열정적인 라보엠의 선율에 매혹되면서 미친 듯한 사랑에 빠져든다. 두 사람이 달빛 아래 춤을 추는 장면은 영화에서 가장 낭만적인 순간이다.

온 가족이 이 문제에 빠져들어 소동이 일어나는 판에 약혼자 조니가 돌아온다. 지독한 마마보이인 그가 위독한 어머니를 두고 결혼할 수는 없다고 파혼 선언을 하는 바람에, 동생과 로레타는 사랑의 결실을 맺게 된다.

인간은 어떤 순간에 달빛에 홀리는 것일까. 둥근 달 아래 서 있으면 이성을 잃고 늑대인간이 되듯이 모든 합리성을 다 잊어버리는 것일까.

달이 요요하게 빛나고 아름다워서 관람객들도 다 몽환 속에 빠진 듯했다. 결혼에 더 중요한 것이 우정인가, 사랑인가, 의리인가 하는 질문조차 무의미해지는 압권의 달빛 영화였다.

인간의 굴레

자기에게 주어진 운명에 대해 우리는 어디까지 저항하고 거부할 수 있을까.

삶의 의미를 찾지 못하고 무기력증에 걸렸다고 호소하는 젊은이가 의외로 많다. 겉으로는 가정환경이 유복해 보이지만 아무것도 하고 싶지 않다는 경우도 있다.

원하지 않는 삶 속에 내팽개쳐졌다고 믿으며 자신 없고 고독한 삶을 영위하던 한 젊은이가 마침내 삶의 의미를 깨닫게 되는 이야기가 가장 잘 묘사된 장편소설 중 하나가 《인간의 굴레》(1915)이다.

작가 서머싯 몸의 자전적인 부분이 많이 담겼다고 알려진 이 소설에 등장하는 필립은, 어려서부터 사랑받지 못하는 삶 속에서 괴로워하면서 삶의 목적을 찾기 위해 방황한다.

어린 시절 부모를 여의고 고아가 된 필립은 목사인 큰아버지 집으로 보내진다. 큰아버지는 엄격하고 원칙적인 사람으로 따뜻하고 이해하는 심성과는 거리가 멀었다. 그는 필립이 종교적 분위기에서 자라 성직을 이어받기를 기대하지만, 필립은 그 기대를 저버리고 그림을 그리기 위해 파리로 유학을 떠난다.

그는 파리에서 알게 된 예술가 지망생인 크론쇼에게 인생이 무엇이냐고 묻는다. 그리고 대답 대신 페르시아 양탄자를 선물 받게 된다. 처음에는 그 의미를 헤아리지 못했지만 훗날 크론쇼가 세상을 떠나고 나서야 필립은 페르시아 양탄자의 의미를 이해하게 된다.

양탄자를 짜 올리는 직조공처럼 태어나서 성장하고 결혼하고 자식을 낳고 먹고살기 위해 일하다 죽는… 그것이 인생임을 알게 되는 것이다.

그리고 자신을 사랑하지도 않으면서 이용만 하려 드는 영악한 여자 밀드레드를 경멸하면서도 그녀를 향한 욕망의 정념 때문에 고통받던 필립은, 마침내 그의 생애를 관통한 삶의 굴레들을 벗어나게 된다.

부모 없이 자란 어린 시절, 절뚝거리는 안짱다리로 인한 깊은 열등감, 종교와 예술에 대한 꿈을 지니고 있음에도 삶의 모든 것을 바쳐 몰입할 수 없는 현실에서의 갈등, 보답 받지 못하는 사랑에 대한 지독한 집착이 그를 괴롭힌다.

어떤 인간관계에서도 완전한 사랑을 얻지 못하고 방황하던 그는 페르시아 양탄자가 주는 의미를 깨달으면서 삶에 대해 이해하게 된다.

삶에 대한 성찰을 얻은 그는, 자신의 생이 파탄에 이르러 몰락하는 시기에 만나게 되었던 애설니 집안의 생명력 넘치고 소박한 딸 샐리에게 청혼한다.

그토록 벗어나려고 몸부림치던 인간의 굴레에 대해 관조하는 태도를 지니게 되자, 그 굴레는 더 이상 그의 삶을 괴롭히지 않게 된다는 이야기는 우리의 삶에 시사하는 바가 매우 크다.

당신의 티파니는?

"내가 티파니에 열광하는 건 보석에 홀딱 빠져서이기 때문만은 아니에요."

트루먼 카포티의 소설 《티파니에서 아침을》(1958)의 주인공 홀리 골라이틀리의 대사이다. 그녀는 나쁜 일이 닥칠 것 같은 아득하고 불안한 기분을 느낄 때면 택시를 잡아타고 티파니로 간다고 말을 잇는다.

"그곳에 가면 곧장 마음이 가라앉죠. 그 적막함과 당당한 광경… 거기서는 나쁜 일이 일어날 수가 없어요. 멋진 양복을 차려입은 친절한 신사들이 있고, 은과 악어가죽 냄새가 기분 좋게 풍기는 곳이니까요."

홀리는 티파니에 간 것과 비슷한 기분을 주는 집을 찾을 수만 있다면 정식으로 가구를 사들이고 고양이에게도 이름을 지어 주겠다는 이야기를 한다. 많은 이들이 홀리처럼 마음속에 자신만의 티파니를 품고 있다. 비록 티파니라는 이름을 들먹이지는 않더라도 안정이 되고 모든 것이 자리를 잡으면 그때는 내가 아이들에게도 잘해 주고, 이웃에게 봉사도 하며, 또… 하고 싶었던 많은 것들을 하겠다는 포부를 가지고 있다.

그러나 모든 것이 안정되고 나쁜 일은 일어나지 않을 것이라는 기분이 들게 해 주는 어떤 곳에 가고 싶어 하는 열망 때문에 정작

자신이 놓여 있는 장소를 더 싫어하게 될 수도 있다.

누구나 삶이 주는 근심과 사회적인 소외감으로부터 잠시나마 도망칠 수 있는 그런 곳을 추구한다. 당신은 어디로 가서 고단한 삶에서 오는 긴장을 해소하고 있는가.

가정에서일까? 직장에서일까? 종교에서일까? 혹은 다른 사람과의 따뜻한 관계에서일까?

가난한 시골집에서 떠돌다가 어렸을 때 도시로 흘러 들어온 홀리는 언제라도 떠날 준비가 되어 있는 사람처럼 옷 가방도 제대로 풀지 않는다. 가구를 들여놓지 않고 고양이에게 이름도 지어 주지 않는다. 명함의 이름 아래에는 '여행 중'이라고 새겨 놓는다.

그녀의 이런 모습은 타인과 깊은 관계 맺기를 두려워하는 현재의 세태와 상당히 유사하다. 내가 바라는 어떤 이상향에 도달하기 전까지는 항상 여행 중이라고 믿고 싶은 마음, 그것이 결혼이나 출산 같은 삶에 깊이 뿌리내리는 일에 걸림돌이 되고 있는지도 모른다.

티파니는 일상생활에 지치고 고독할 때 가 볼 수 있는 곳이다. 그러나 작고 소박한 집에서 자신의 짐을 푸근하게 풀어놓을 수 있다면, 우리는 늘 불안한 '여행 중'의 자세를 벗어날 수 있을 것이다.

내 안의 목소리

우리 모두 내면 깊숙한 곳에 양심을 지니고 있다는 것은 이제 너무 낡아 버린 이야기처럼 들릴 수도 있다.

이범선의 단편소설 〈오발탄〉(1961)의 주인공 철호는 한국전쟁 후 암담한 현실 속에서 가장이 되어 생계를 꾸려 가는 월급쟁이 소시민이다. 이북에 두고 온 집에 돌아가야 한다고 "가자, 가자"를 계속 외치는 늙고 병든 어머니, 곱던 모습이 영양실조와 괴로움으로 찌들어 버린 아내, 전쟁 트라우마를 가진 참전용사이자 실업자인 남동생, 약혼자로부터 파혼당하고 양공주가 된 누이동생… 삼팔선 때문에 못 간다고 아무리 설명해도 어머니는 거기에 하늘 끝까지 담이라도 쌓았단 말이냐며 절규한다.

철호의 동생은 이 지긋지긋한 가난에서 벗어나기 위해 은행털이 범죄를 계획한다. 양심이라는 건 손톱 끝에 박힌 가시와 같아서 확 그냥 뽑아 버리면 더 편한 것이라고 말하면서.

이렇게 가난에 찌들어 멸시를 받으면서도 형처럼 반듯한 마음을 지니고 살 수는 없다는 동생의 항변이 우리의 폐부를 찌른다.

전쟁이 끝난 후 괴로운 사람들의 절규도 과연 다 사라졌을까. 오히려 이제는 괴롭고 절망하는 이웃들의 고통에 지나치게 무뎌져 버린 것은 아닐까 하는 생각이 들 때도 많다. 억눌리고 무시당해 피폐해진 마음 때문에 괴로운 사람들을 외면한 채 성을 쌓고 들어 앉아 있어도 괜찮은가, 죄책감을 느낀다는 사람도 아직 있다.

죄책감을 느낀다면 당신은 악한 사람이 아니라고 위로하는 사람도 있다. 악한 사람은 악한 짓을 하느라고 정신이 없어서 자기 안의 목소리인 양심에 귀를 기울일 여유가 없기 때문이라는 것이다.

영화 〈로베레 장군〉(1959)의 배경은 1940년대 독일의 나치가 장악하고 있던 이탈리아 제노바 항구이다. 나치는 레지스탕스 가담자들이 모여 있는 감옥에 그들의 영웅적 지도자 로베레 장군을 꼭 닮은 사기꾼을 투입한다. 상당한 보상을 약속받고 단합을 와해시키기 위한 목적으로 투입된 사기꾼 바르도네는, 가짜로 로베레 장군 행세를 하다가 가담자들의 절대적 신뢰와 존경을 받으며 진짜 영웅으로 바뀌어 간다. 결국 그는 자신을 믿고 따르는 젊은이들과 조국을 위해 목숨 바칠 것을 결심한다. 한편, 감옥에 잡혀 온 다른 한 사람이 자신은 그저 장사하는 사람이고 아무것도 하지 않았는데 왜 죽어야 하느냐며 억울하다고 절규하자, 곁에 있던 사람이 말한다.

"이런 상황에서 아무것도 하지 않은 것, 그것이 바로 당신의 죄요."

기억의 두 얼굴

《의사 지바고》(1957)에 나오는 라라의 애인 파샤는 연장자에게 당돌하게 말한다.

"나이가 지혜에 비례하는 것은 아니지 않습니까?"

부모나 윗사람의 문제로 고통받는 아랫사람들은 나이 들면서 지혜롭고 현명해지는 것이 아니라 같은 실수를 또다시, 혹은 더 많이 저지르는 연장자들 때문에 죽을 지경이다.

"나이가 들면 좀 더 마음을 비우고 욕심을 버리고 지혜를 터득해야 하지 않나."

인간에 대해서 비관적인 사람들은 이렇게 말한다. 인간이란 존재는 자신이 과거에 저지른 실수는 기억하지 못하고 현재 저지르고 있는 실수는 깨닫지 못한다. 아마 그것이 인간이 지속적으로 실수를 하는 이유일지도 모른다. 우리가 실수하지 않을 수는 없겠지만, 같은 실수를 되풀이하지 않는 방법을 터득할 수 있다면 아마 그것이 진정한 지혜일 것이다.

"이제 나이 들어 지혜롭게 살아야 하는데 그게 잘 안 되는군요."

나이 들어가는 지인의 한탄이다.

"이대로는 죽을 수 없어. 더 찬란한 광채를 발하는 마지막 삶을 살아내고야 말겠다…"

이렇게 결심하는 노인을 가끔 보게 되는데, 야망이 큰 사람일수록 가까운 가족이나 친지에게 폐를 끼칠 수도 있다. 새롭게 모임을 결성하고 새로운 일에 도전하고 의지가 충만해서 새로 창업을 하기도 한다.

뭐, 생각해 보면 그리 나쁜 일은 아닐지도 모른다. 하지만 나이 먹어서 새로운 분야에 도전할수록 뒤떨어지는 정보 때문에 일이 엉망이 될 가능성도 함께 커진다. 그리고 그로 인해 가깝게 지내던 이들에게도 공연한 노여움을 느끼는 사람이 많다. 주위 사람들을 살펴보라. 자세히 보면 나이 들면서 특별히 더 현명해지지도 않는 것 같다.

나이가 인격의 완성을 이루어 주는 것은 아니라는 이 놀라운 사실을 받아들인다면, 주위에 있는 사람들에게 좀 더 너그러워질 수 있을 것이다.

누구나 가벼운 실수를 한다. 대체로 실수는 고의적인 악의가 아니라 부주의 때문에 생기고, 대부분은 자기가 실수를 저지르고 있다는 사실을 깨닫지 못한다.

만약 과거에 누군가 당신에게 나쁜 짓을 했더라도 그건 당신에게 특별히 악의가 있어서라기보다는 그 역시 당신과 똑같이 평범한 인간이기에 그렇게 했을지도 모른다. 고집을 버리고 다른 관점에서 바라본다면 마음먹기에 따라 원한이나 후회, 분노는 훌훌 털어 버릴 수 있다.

지난 일은 지나가 버리게 두고 과거를 '좋은 기억'과 '나쁜 기억'으로 칼처럼 나누지 않으면, 좀 더 많은 평화가 우리와 함께할 수 있을 것이다.

7. 이웃에 사는 사람들

나는 잘 지내고 있습니다

얼마 전 여고 동창생 친구들의 연례 신춘 모임이 있었다. 점심식사 후에 한 친구 남편이 앞으로 나와 시골로 이사한 뒤의 근황을 들려주었다. 시간 나면 틈틈이 시골길을 걷고 있다고 말을 꺼낸 그는, 유머와 위트가 가득한 이야기로 백 명 넘어 참석한 좌중을 휘어잡았다.

최근 정년퇴직을 하고 나서는 마나님께 대단히 말조심하고 있는데, 이즈음에는 뭘 물어봐도 걸핏하면 꾸지람을 내리시기 때문에 백배 조심을 하면서 살고 있다는 그의 말에, 우리는 폭소를 터뜨렸다. 모두 자신과 남편의 대화를 떠올렸기 때문일까.

그는 말을 이었다. 아내는 공평무사한 사람이라 이유 없이 꾸지람을 내리는 건 아니라며, 자기가 30년 가까이 당뇨와 더불어 지내는 동안 여러 번 큰 수술을 받아 몸이 좀 약해졌는데, 최근에는 큰아들이 신장을 기증해서 이식수술까지 받았다고 했다. 그런데 수술실에 들어가기 전 다른 침대에 나란히 누워 있던 아들놈이 웃으면서 이렇게 말하더란다.

"에이, 아버지는 이게 뭐예요. 줬다 뺏었다 하고…."

그래서 자기도 할 말이 없어 이렇게 대답했다고 한다.

"내가 언제 달라고 했냐. 네가 제멋대로 준 거 아니냐."

딸아이는 부득부득 자기 신장을 기증하겠다고 우기다가 오빠한테 출가외인이 어딜 함부로 끼어드느냐는 대갈일성을 들었고, 기증자 후보에도 오르지 못한 막내는 시간만 나면 병실로 달려와서 팔다리를 주물러 댔는데, 별로 도움이 안 되고 성가시기만 했지만 하도 형한테 미안해하기에 그만두라는 소리도 못 했다고 했다.

그러니 "이거 먹으면 안 돼?"라든가 "나 퇴원하면 안 돼?"라는 등의 남편 질문에 아내가 가족을 대표해서 꾸지람을 내리지 않을 수도 없었을 터였다.

나이 든 남편이 아내에게 절대 해서는 안 되는 질문 시리즈가 돌고 있다. "어디 가?", "언제 와?", "나도 같이 가면 안 돼?" 등등이 그 핵심을 이룬다. 이 정당하면서도 합리적인 질문을 못 하게 하는 건 사실 공정한 일은 아닐 것이다. 그렇지만 이 아내가 내리는 꾸지람은 그런 것들과는 다른 차원의 이야기인 듯했다.

어려움이 닥친 병실에서 서로 눈물을 감추면서 위로의 말 대신 꾸짖고 농담을 건네는 가족의 모습이 눈앞에 보이는 것 같아 가슴이 뭉클했다.

"그렇지만 걱정하지 마십시오. 나는 아주 잘 지내고 있습니다."

그가 말을 끝내자 친구들은 홀이 떠나갈 듯 오랫동안 박수를 쳤다.

앞자리에 있던 아내가 단상에서 내려오는 남편의 팔을 잡아 부축하며 뭐라고 뭐라고 하는 모습이 보였다. 표정을 보니 "그런 소린 뭐 하러 하느냐", "그게 농담할 일이냐" 등등 무언가 꾸지람을 내리는 것이 틀림없었다.

그렇지만 남편의 얼굴은 행복해 보였다. 그는 정말 잘 지내고 있는 것 같았다.

책상 위의 성모마리아

내 책상 위에는 아기 예수를 안은 성모마리아의 도자기 상이 놓여 있다. 이 조각상에는 한 번도 만나 보지 못한 사람과의 특별한 사연이 있다.

얼마 전 성당에서 친지의 결혼식이 있었다. 토요일이라 혼잡할 것 같아 일찍 떠났는데, 의외로 길이 막히지 않아 예식 시간보다 한 시간이나 일찍 도착했다.

신랑 신부 가족들도 손님을 맞을 준비가 채 안 된 시간이라 성경이며 성당에 관련된 여러 가지 성물을 판매하는 곳을 구경했다.

오른쪽 선반 위에 있는 한 뼘보다 큰 소박한 황토색 마리아상이 유난히 시선을 끌었다. 어린 예수를 품에 안고 고개를 약간 기울인 자세의 성모마리아는 순박하고 정이 많은 한국 어머니의 모습 같았다.

고가의 작품이 아닐까 싶어 몇 번 망설이다가 마침 물건을 사는 손님들이 다 떠나 조금 여유가 생긴 틈에 카운터 뒤에 있는 여자분에게 조심스럽게 물었다.

"저, 이 작품은 얼마인가요?"

"이 작품이 마음에 드세요?"

그분은 활짝 웃으면서 물었다.

"네, 정말 좋은데요. 그런데…:"

"그럼 그냥 가지고 가세요."

"네…?"

나는 잘못 들은 줄 알았다.

"사실은 얼마 전에 여기 자매님 한 분이 늘 곁에 두셨던 물건이라면서 맡기셨어요. 그리고 누구든지 와서 이 작품을 마음에 들어 하면 그냥 드리라고 당부하셨어요."

"정말이오?"

나는 깜짝 놀랐다. 그분은 벌써 그 작품을 내려놓고 포장할 준비를 했다. 너무나 뜻밖의 일이라 그냥 서 있다가 미안한 마음에 성당에서 켜는 큰 초들을 샀다.

집에 돌아오는 길에 손에 소중하게 들고 있던 도자기 작품의 질감이 느껴졌다.

외국에 가는 길이었을까? 그렇게 크지도 않은 작품을 왜 이곳에 두고 갔을까? 혹시 이 작품을 아끼던 사람과 이별해서였을까? 여러 가지 생각이 함께 들어 궁금했다.

무슨 사연이었는지는 모르지만, 책상 위의 성모마리아상을 볼 때마다 누군가 진심으로 이 작품을 마음에 들어 하는 사람에게 선물하기로 한 옛 주인의 마음씨가 새삼 곁에 앉아 있는 사람의 따뜻한 체온처럼 느껴진다.

레몬 나무 키우기

처음에는 집을 잘못 찾았나 하는 생각에 손에 쥐고 있던 주소를 다시 보았다. 기억하고 있는 수십 년 전의 허름한 화전민의 집과 전혀 다른 화려한 이 층 양옥이 눈앞에 서 있었다. 철문 안으로 정원에 꽃들이 어우러져 핀 모습이 보이고 그 앞에 커다랗게 접골원 간판이 보였다.

벨을 누르니 간호사가 나와서 안으로 안내했다. 진료실 문을 열고 들어서자 회전의자에서 일어서는 사람은 바로 산골 학교 곁 초라한 집에 살던 그 사냥꾼 아저씨가 아닌가.

기골이 장대하고 인물이 좋던 그 사람은 내가 가르치던 작은 학교의 사친회장을 맡아서 학교의 궂은일들을 많이 도와주었다. 눈 내리는 겨울철이 되면 산속으로 곰 사냥을 떠나고는 했는데, 한 마리만 잡아도 몇백만 원의 목돈이 생긴다고 했다.

이 사냥꾼은 그 돈을 들고 곧장 집으로 달려오는 법이 없었다. 곰을 잡으면 그 근처 읍에 나와서 놀다가, 술집 아가씨들에게 호기를 부리다가, 하면서 다 탕진하고서야 집으로 돌아왔다.

하지만 그 부인은 남편이 어떻게 행동하든지 간에 섬기는 태도가 보통이 아니었다. 남편이 돌아온다는 소식이 들리면 음식상을 정갈하게 준비한 다음 제일 좋은 옷을 차려입고 동구 밖 느티나무

아래까지 마중을 나가 석양 무렵까지 기다리고는 했다. 기별한 대로 남편이 오기도 했지만, 때로는 기다리다 혼자 돌아오기도 했다.

"뭘 잘했다고 거기까지 나가서 기다리고 그래요. 자기 마음대로 살다가 온다면서, 다른 여자나 사귀고…."

내가 오히려 분이 치밀어 그렇게 말하면 아내는 웃어넘겼다.

"선상님은 아직 젊어서 암것도 몰라. 사나가 그만큼 잘났으면 여자가 따르는 거사 당연한 일이제."

신기한 여자였다.

거의 십 년에 걸친 외국 생활을 끝내고 돌아와 산골 학교에 찾아갔다가 그 집 가족이 읍으로 이사했다는 소식을 듣고 찾아오는 길이었다.

집 정원을 구경하고 있는데 물방개처럼 윤이 자르르 흐르는 자가용이 들이닥쳤다. 고급 실크 옷을 입은 부인이 차에서 내려섰다. 남루한 옷을 입은 모습밖에 기억에 없던 터라 눈이 휘둥그레져서 바라보는데, 부인이 "이기 뉘기여, 아니, 이게 뉘기여…" 하고 반색하며 내 두 손을 덥석 잡았다.

부인은 이 층에 살림집으로 꾸민 응접실에 앉아 그간의 사정을 털어놓았다. 남편이 깊은 산속에서 곰 사냥을 하다가 골짜기에서 떨어져 크게 다쳤는데, 근처 침놓는 할아버지 집에서 몇 달을 치료받으면서 침놓는 기술을 전수받았다고 했다.

집에 돌아온 후 침을 놓기 시작했는데 얼마나 효과가 좋은지 사람들이 떼로 몰려 삼태기로 긁듯 돈을 모아 몇 년 만에 읍에 병원

도 짓고 차도 샀다고 했다. 내가 가르쳤던 아들 형제도 다 커서 서울에 있는 대학으로 유학을 보냈단다.

잘 웃고 너그러운 그녀의 품성은 여전했다. 바리바리 싸 주는 건 어물이며 말린 나물들을 받아 들고 돌아오면서 마음이 흐뭇했다. 행복한 사람은 막대기를 심어도 레몬 나무로 자란다는 키케로의 말이 생각났다.

가난하지만 언제나 웃고 있어 불평하는 모습을 보지 못했던 그녀의 여유 있는 노년이 내게도 기쁨을 나누어 주었다.

나비가 된 남자

중년 주부나 할머니들이 삼삼오오 모여 아쿠아로빅 동작을 이리저리해 보는 수영장 레인에 어느 날 30대 후반쯤 되어 보이는 중년 남자가 펑퍼짐한 줄무늬 수영복을 입고 나타났다.

그는 나이에 어울리지 않게 초보자가 쓰는 노란색 보조 부표를 등 뒤에 메고 아이들 틈에도 주부들 틈에도 끼지 못하고 물속에서 방황했다. 겨우 물에 뜨는 정도라 물장구를 치면서 한 번에 1~2미터 이상을 나가지 못하는 그가 물보라는 얼마나 화려하게 일으키는지 사람들에게 물벼락을 맞히기 일쑤였다.

둥글게 모여 서서 체조도 하고 물속 자전거 타기 놀이도 하면서 아쿠아 포즈를 취하는 주부들 사이에서 그는 느닷없이 인어왕자처럼 솟아오르고는 했다.

"이 한낮에 뭐 하는 사람이야? 직장에도 안 다니나?"

"팔자는 좋은 사람이네."

주부들이 일부러 들으라는 듯 한마디씩 수군거려도 그는 아무 대응이 없었다. 가끔 내 앞으로도 물장구를 치며 지나가는 그의 표정은 근엄했다. 어느새 그는 주부 회원들에게 화젯거리가 되었다.

"배짱이 좋은 건지, 눈치가 없는 건지…."

"아유, 너무 걱정하지 마세요. 이제 며칠 저러다가 못 나온다니까. 웬만큼 얼굴에 철판 깔지 않고는 애들하고 아줌마들 틈에 끼어서 저러고 못 견딘다니까요."

그것은 헛된 희망이었다. 그는 여전히 다시 나타나서 아무에게도 말을 걸지 않고 등 뒤에 노란색 보조 부표를 메고 물속을 방황했다.

주부 회원 중 한두 명이 사무실에 항의도 한 모양이었다. 그들이 듣고 온 답은 정식 아쿠아로빅 시간에는 다른 사람들이 못 들어오지만, 그 이후 자유 수영 시간에는 남자든 여자든 할머니든 유치원 아이든 회원이라면 누구든지 와서 수영 연습하는 걸 막을 수는 없다는 것이었다. 그러면 다른 레인에서 연습하도록 좀 권해 달라고 했더니, 직원이 말하기를 거기는 중급반과 고급반이기 때문에 초보자들이 방해하면 안 된다고 했다고 한다. 어쨌든 그는 한 시만 지나면 나타나서는 다른 사람들이 눈총을 주는 것을 아는지 모르는지 여전히 물보라를 일으키고 다녔다. 모두 언제까지 저 남자가 사람들이 은근히 왕따시키는 이런 분위기를 견디어 낼 수 있을지 궁금해했다.

한동안 다른 일 때문에 수영장에 나가지 못하면서 내가 가장 궁금했던 사람은 그였다. 그는 여전히 피노키오의 아버지 제페토를 삼키고 화가 난 큰 고래처럼 물보라를 일으키며 떠돌아다니고 있을까.

한 달 후 찾아간 아쿠아 레인에서 그는 보이지 않았다. 어쩐지 시원하면서 좀 섭섭하고 미안한 마음도 들었다. 은근한 구박을 견디지 못해 그만두었나 하는 추측이 들어서였다.

그런데 이게 웬일인가. 저쪽 레인에서 물에 뛰어드는 그의 모습이 보였다. 그는 혼자서 레인의 끝까지 멈추지 않고 헤엄쳐 갔다. 물보라도 별로 일으키지 않았다. 제일 깊은 곳에 도달해 몸을 일으킨 그와 눈이 마주치자 나도 모르게 손을 흔들었다.

그러자 그도 씨익 웃으면서 마주 손을 흔들었다. 어딘가 좀 모자란 것처럼 느껴지던 그 남자가 이제는 한번 뜻을 이루면 앞뒤를 가리지 않고 실천하는 멋진 사람처럼 보였다.

그는 번데기의 설움을 이겨 내더니 마침내 날개를 단 나비가 된 것이다.

나, 장갑 끼고 있어

어떤 사람이 화가인 친구의 아틀리에를 방문했다. 그는 방금 완성된 유화를 보고 있다가 감탄하며 그림에 손을 대려고 했다. 화가가 깜짝 놀라 말했다.

"잠깐! 그 그림에 손을 대지 마. 아직 안 말랐어."

그러자 그는 태연하게 말했다.

"괜찮아. 나, 장갑 끼고 있잖아."

이거야말로 자기 본위 생각만 하는 사람의 전형적인 태도이다. 어쩌면 우리는 남을 배려하지 않는 눈먼 자기 확신에 사로잡혀 상대방의 아주 소중한 무언가를 훼손하고 있는 것은 아닐까. 자신도 모르는 사이에 상대방의 아주 귀한 것을 훼손하는 행동을 하면서도 괜찮다고 스스로 말하고 있지는 않은가.

이를테면 이런 식이다. 가게 입구 골목을 막아 세우고 차에서 내리는 운전자에게 가게 주인이 항의한다.

"아니, 이렇게 가게 앞에 차를 세워서 골목을 막아 놓으면 어떻게 해요?"

"아, 예. 워낙 낡은 차라 다른 차가 받아도 상관없습니다."

"그게 아니라 가게 문 앞을 막으면 제가 영업을 할 수도 없고, 다른 차가 지나갈 수도 없지 않습니까?"

"아, 이 딱한 양반이 난들 여기 세워 놓고 싶어서 세우는 줄 아

십니까? 나도 여기 세우고 싶은 건 아니라 이 말씀입니다. 알아듣
겠습니까?"

"아니, 그걸 말이라고 합니까?"

"아무튼 그렇게 무례한 말을 하는 당신을 용서해 드리겠습니다.
위험 부담을 무릅쓰는 건 난데 이해심도 없으시군요. 그럼 다녀오
겠습니다."

또 이런 일도 있다. 레스토랑에서 식사하다가 수프에서 단추가
나오자 손님이 종업원을 불렀다.

"이 단추가 보입니까? 어떻게 이럴 수가 있죠? 어떻게 하시겠습
니까?"

그러자 친절한 종업원이 생글생글 웃으면서 대답했다는 게 아
닌가.

"걱정해 주지 않으셔도 됩니다. 제 옷에 달 여분 단추는 또 있으
니까요."

이들이 바로 나는 장갑 끼고 있으니까 괜찮다고 말하는 사람들
아닌가.

나도 어떤 때 그들과 같은 태도를 취하고 있는 것은 아닌지 생각
해 볼 일이다.

김 군을 사랑하십니까

내가 사는 집에 도둑이 들었던 적은 없었다. 도둑이 그 집 사모님을 한동안 치밀하게 관찰한 다음, 집 안에 값나가는 것이 있으리라고 생각되는 경우에만 들어온다는 설도 있는 걸 보면, 내가 상당히 별 볼 일 없어 보였다고 추정할 수도 있다.

그런데 큰아들이 결혼을 앞두고 신붓감과 함께 이것저것 사서 백화점 봉투를 몇 개씩 들고 다니다가 때를 기다리던 밤손님의 눈에 띈 모양이었다.

저녁때 귀가해서 아파트 문을 열려고 하는데 아무리 열쇠를 돌려도 문이 열리지를 않았다. 마침 일 층이라 경비 아저씨가 베란다 앞뜰로 올라가 창문으로 들어가서 문을 열었다.

바로 전날 결혼식에 쓸 예물을 찾아왔던 터였다. 맨 끝 쪽에 있는 큰아들 방에 허둥지둥 들어가 보니까 다행히 그 방은 손댄 흔적이 없었다. 아마 도둑이 들어서 안방부터 뒤지다가 아들 방을 뒤지기 직전에 내가 돌아온 걸 알고 들어왔던 뒤쪽 베란다 문으로 내뺀 것 같았다.

패물이 제자리에 그대로 있는 것을 확인한 후 경비실에 잃어버린 물건은 없다고 전하고 나서 그만 다리에 힘이 빠져 소파에 한참 동안 그대로 주저앉아 있었다.

잠시 후 벨 소리가 울렸다. 문을 여니까 오십이 넘은 경비 아저씨가 사색이 다 된 채 모자를 벗어서 양손에 움켜쥐고 서 있었다. 그 뒤에는 경비 책임자가 서 있었다. 머뭇머뭇하며 뒤에 서 있던 경비 책임자가 입을 열었다. 긴장한 탓인지 근엄한 목소리가 떨려 나왔다.

"김 군을 사랑하십니까?"

"네?"

이게 무슨 뚱딴지같은 소리인가. 내가 하도 당혹스러워하니까 경비 책임자가 침을 꿀꺽 삼키더니 말을 이었다.

"그러니까 여기 있는 이 김 군을 귀하게 여기고 아끼시나 하는 말씀입니다."

그러고 보니 웬만한 주례사에 쓰는 소리는 다 나온 셈이었다.

"그럼요. 얼마나 많이 도와주시고 좋은 분이신데요."

그제야 말뜻을 알아들은 내가 서둘러 말했다.

"그게 말씀입니다. 전혀 잃어버린 물건은 없다고 하셔서, 그렇다면…."

그다음 이야기를 종합하자면 관리소에 신고하면 경비 아저씨가 즉각 해고 대상에 오르게 되는데, 나이도 있고 가족들도 딸려 있어서 너무 어려운 입장이라 선처를 부탁드리러 왔다는 게 이야기의 골자였다.

"잘 알겠어요. 그런데 도둑이 들려고 했다는 걸 관리소나 주민들이 알기는 해야 할 것 같은데요. 주의를 하긴 해야 하니까요."

두 사람의 눈이 커지면서 나를 바라보았다. 사형선고를 받은 듯한 표정이었다.

나는 말을 이었다.

"이렇게 하면 어떨까요. 특별히 잃어버린 것은 없으니까 집에 들어왔다고 하지는 말고 뒤 베란다 창문에 매달려 들어오려고 하는 도둑을 경비 아저씨가 소리쳐서 내쫓았다고 보고하면 어떨까요."

두 사람의 얼굴에 화색이 돌아왔다. 경비 아저씨의 눈에 눈물이 핑 돌았다.

어쨌든 관리실과 주민들에게도 경각심을 주었고 경비 아저씨도 해고당하지 않았다. 지금도 그 말을 생각하면 혼자 웃지 않을 수가 없다.

"김 군을 사랑하십니까?"

혼자서 화를 내는 차

　새벽에 경적이 울리는 소리 때문에 잠이 깨었다. 길게 눌렀다가 잠깐 쉬었다가 다시 누르는 소리는 계속해서 몇 번이나 이어졌다. 시계를 보니 겨우 다섯 시가 넘었다. 그 큰 소리는 아파트 주민을 다 깨우려는 기세였다.

　창밖으로 내다보니 큰 외제 차 옆에 당황한 모습의 아파트 경비원 두 사람이 서서 어쩔 줄 모르고 있었다. 주차장이 넉넉지 않아 평행 주차한 차인 것 같았다. 위층 어디에선가 좀 조용히 하라고 고함치는 소리가 들렸다. 그러고도 몇 번 더 울린 후에야 겨우 경적 소리가 멎었다.

　아침에 경비실에 물어보았다.

　"아까 무슨 일로 그렇게 경적이 울렸어요?"

　경비원이 머리를 긁적거렸다.

　"아, 그게, 그 차에 누가 타고 계셨던 건 아닙니다."

　그 차가 하도 고급이라 누가 차체에 손을 대서 밀면 경적 소리가 자동으로 난다는 걸 몰랐다고 했다. 안쪽에 주차한 차 한 대가 새벽에 나가려고 해서 밖에 있는 차들을 차례로 밀다가 그만 그 차를 미는 바람에 경보 사이렌을 건드린 셈이 된 모양이었다.

　"얼마나 당황했는지 진땀이 다 나더라고요. 그나마 저절로 꺼졌으니 다행이었지요."

경비원은 씩 웃으며 이야기했지만 정말 십년감수한 사람의 표정이었다. 주민들의 불만이 서로 부딪치거나 갈등이 생길 때 그 사이에 잘못 끼었다가는 무슨 일을 당할지 모르는 판이니, 아닌 게 아니라 그랬으리라 싶었다. 하기야 운전자가 그 시간에 고의로 경적을 울려 댄 것보다는 나은 일이었는지 모른다.

다시 잠을 청해 봤지만 새벽에 한번 깬 잠이 되돌아오기는 어려웠다.

차야 사람이 아니고 기계니까 자기가 시끄럽게 굴면 새벽에 조금이라도 단잠을 더 잘 수 있는 학생이나 직장인, 혹은 어린 아기나 주부들의 잠을 빼앗아 갈 수도 있다는 생각까지 할 능력이 없을 터였다. 그렇지만 차 주인은 그런 생각을 해 볼 수도 있지 않을까.

이제는 누가 자기 심기를 건드린다고 화내는 사람들만으로는 모자라서, 누가 조금만 건드리면 혼자서 화내는 기계까지 나타났다고 생각하니까 저절로 한숨이 나왔다.

작은 등불

가까운 친지 중에 서울에서 상당히 활발하게 활동하면서 사회 요직을 맡고 있다가 은퇴한 후 남쪽으로 거처를 옮긴 사람이 있다.

건축가인 아들이 세심하게 신경을 써서 지은 집에서 남편하고 살면서 텃밭을 가꾸고 음악도 듣고 책도 읽으면서 평화로운 삶을 영위하고 있다.

최근에 그녀가 매주 수요일이 되면 읍내에 있는 요양원에 자원 봉사를 하러 다닌다는 소식을 듣고 안부 전화를 걸었다.

"봉사를 받아도 시원치 않은 나이에 무슨 봉사를 또 하신다는 거예요?"

그녀는 활달하게 웃었다.

"글쎄, 내 생각에도 그렇긴 해요. 앞뒤가 아주 안 맞는 일을 하는 것 같아."

"그래, 요양원에서 무슨 봉사를 하시는데요? 거기 환자를 돌보는 일들은 아주 힘들 텐데요."

"가서 이불도 빨고 다른 빨래도 해 주고 또 소소한 일들도 도와주고 그래요."

"집에 살림도 힘들다면서요?"

"거긴 집이 아니잖아요. 밥 달라는 사람도 없고 오히려 점심도 준다니까…"

우리 둘은 무언가 통하는 것이 있어서 함께 웃음을 터뜨렸다. 그녀는 저간의 사정을 들려주었다.

그곳에 살고 있는 나이 많은 언니가 여러 가지 증상으로 병세가 심해지자 혼자 있을 수 없어 그 요양원에서 몇 달 지내게 되었는데, 면회 다니면서 보니까 일손이 모자라서 늘 쩔쩔매더라는 것이다. 그래서 수요일마다 다니면서 이 일 저 일 돕기 시작했는데 이제는 사람들과 다 친해졌다고, 할머니도 할아버지도 직원들도 수요일을 기다리다가 자기를 만나면 엄청나게 반가워해서 빠질 수가 없게 되어 버렸다고 했다.

"그래서 몇 번 도와주려던 게 이렇게 되어 버렸다니까."

참 듣기에도 좋고 보기에도 좋은 일이었다. 한때 사회적 명사였던 사람이 폼도 별로 안 나는 곳에서 조용히 다른 사람을 돕는 일을 하고 있다는 소식에 흐뭇했다.

살아가면서 우리는 부모 자녀 같은 기본 역할에서부터 학생, 친구, 직장인 같은 다양한 역할을 맡게 되고 역할의 범위는 가족에서 친척, 사회, 국가, 더 크게는 인류에 기여하는 데까지 확산된다. 어디까지 자기 역할을 확산시키는가는 각자의 선택이겠지만, 누구나 자의든 타의든 생애 전반에 걸쳐서 타인과 더불어 살게 되는 것은 사실이다.

이 중에는 우리에게 선택의 여지 없이 부과되는 역할도 있고, 적극적인 선택으로 맡게 되는 역할도 있다. 자원봉사는 적극적인 선택에 의해서 이기주의의 테두리를 벗어나는 활동이기 때문에 자신과 이웃을 위해 기여하는 바가 실로 크다.

산업화사회에서 큰 사회 문제로 대두되고 있는 비인간화, 인간 소외, 고독, 우울 같은 인간관계의 적신호에 대해 불평불만을 쏟는 데 시간을 보내지 않고, 한 가지 작은 일이라도 도우려 나서는 모습에 기분이 좋았다.

소외되기 쉬운 계층에게 자원봉사자가 주는 좋은 이웃의 이미지는 살아가는 의미를 되살리는 작은 등불이 되어 줄 수 있기 때문이다.

8. 외로운 사람들

미스 브릴의 산책

일요일이면 유달리 분수를 좋아하는 어린 손자하고 집 근처에 있는 파리공원에 가고는 했다. 아이는 분수 앞에서 뛰어놀고 나는 책을 보거나 사람들을 구경했다. 아이 엄마하고 아빠는 그 시간에 함께 영화를 보기도 하고 홀가분하게 친구들을 만나기도 했다.

어느 일요일, 친구가 전해 줄 게 있다며 만나자고 했다. 그럼 12시부터 2시 사이에는 꼭 파리공원 분수 앞 벤치에 있으니까 그리로 오라고 하면서 나는 덧붙였다.

"시간이 안 되면 무리해서 오지는 마. 나는 어차피 손자하고 그곳에 가거든."

그런데 그날 다른 사정이 있어 손자가 오지 못했다. 집에서 밀린 일들을 시작하려다가 아뿔싸 하는 생각이 들었다. 친구가 그곳에 올지도 몰라서 전화를 걸었으나 받지 않았다.

나는 할 수 없이 혼자 파리공원으로 나갔다. 서두르느라고 평소에는 늘 들고 다니던 책도 들지 않고… 분수 앞에 몇 개 놓여 있는

긴 벤치에 나는 혼자 앉았다.

마침 화창하고 좋은 날씨라 데이트하는 젊은이들이 하나둘 나타나 비어 있는 벤치에 앉기 시작했다. 나는 기다란 벤치에 혼자 앉아 있는 게 좀 미안하기도 해서 한쪽 구석으로 자리를 좁혔다. 커플들이 오고 가며 벤치 근처에서 머뭇거렸지만 내 곁에 앉지는 않았다. 그냥 지나가거나 분수를 바라보며 서서 다정한 스킨십을 나누기도 했다. 한두 커플은 흘낏 나를 보기도 했다.

'저 할머니는 이렇게 연애하기 좋은 날 누굴 방해하려고 나와 있는 거지?'

이렇게 말하는 것도 같았다. 나는 좀 무안해져서 괜히 일어서서 공원 입구 쪽을 바라보다가 누군가 들으라는 듯이 '왜 이렇게 안 오는 거지?' 혼잣말로 중얼거리기도 했다.

문득 캐서린 맨스필드의 소설에 나오는 '미스 브릴'이 떠올랐다. 일요일마다 산책하면서 안 듣는 척하며 다른 사람들의 이야기를 듣고 여러 가지 공상을 하는 것이 미스 브릴의 낙이었다. 어느 날 벤치에 앉아 있는 그녀 곁에 멋지게 차려입은 젊은 연인이 와서 앉았다. 남자가 여자를 어떻게 희롱하려고 했는지 여자가 싫다고, 여기서는 안 된다고 말했다.

"왜? 저쪽에 앉은 할망구 때문에? 도대체 왜 나온 거야. 누가 보고 싶어 한다고. 집구석에 처박혀 있지 않고 저 쭈글쭈글한 얼굴로…."

"그런데 저 할머니 목도리 꼭 생선튀김 같지 않아?"

여자가 말하자 남녀는 키득거리고 웃었다.

집에 돌아오는 길에 빵집에 들러 허니 케이크 한 쪽을 사 와서 먹는 것이 그녀에게는 일요일의 큰 잔치였다. 하지만 그녀는 오늘 빵집에 들르지 않았다. 그녀는 계단을 힘들게 올라가 어두컴컴하고 작은 방으로 들어갔다. 침대 위에 한참 앉아 있던 미스 브릴은 목도리를 풀어 상자에 얼른 던져 넣었다. 뚜껑을 닫을 때 어떤 울음소리가 들리는 듯했다.

그날, 친구를 기다리던 두 시간 동안 나는 미스 브릴의 무서운 고독을 한꺼번에 이해하게 된 것 같았다.

내가 세상에 남겨 놓는 사람의 슬픔

오래 알고 지냈던 그녀의 딸아이가 스스로 세상과 작별했다는 소식을 뒤늦게 전해 들은 후에도 나는 방문을 차일피일 미루고 있었다. 무어라고 이야기해야 좋을지 모르겠다는 중압감이 너무 컸다.

그러다가 얼마 전 그녀가 근무하는 대학에 특강을 하러 갔던 날 그녀의 방문을 받았다. 나는 반갑고도 당황스러웠다.

그녀의 연구실은 단정하게 잘 정리되어 있었다. 그녀는 차를 권하며 조용한 어조로 그동안 일어났던 이야기를 들려주었다. 헤어지기 전에 나는 몰라보게 여윈 그녀의 몸을 안아 주었다. 그녀는 내 어깨에 얼굴을 기대며 흐느낌으로 통곡을 삼켰다.

연구실을 나와 캠퍼스를 걸으면서 문득 그녀에게 아무 도움도 주지 못하고 헤어진 것 같은 날카로운 통증이 가슴을 치밀고 올라왔다.

태어난 순간부터 그 아이를 사랑해서 내 인생이 바뀌었다고, 딸아이는 사람의 마음에 스며드는 미소를 지을 줄 알고, 사랑을 주고받는 능력을 누구보다도 많이 가지고 있어 그 영혼으로 주위 사람들을 환히 밝혀 주는 그런 아이였다고… 지난날 따뜻했던 기억들이 떠오르면 잠시 마음의 위로를 받기도 하지만 오히려 그 때문에 곧이어 쓰라린 후회와 절망이 가슴을 뒤덮는다고 말하던 그녀.

우울증을 극복하지 못한 아이는 그녀가 집에 없을 때 치사량의

약물을 복용하고 깨어나지 못했다고 했다.

매일 먼 길을 걸어서 성당 안의 작은 묘지를 찾고 있다는 그녀에게, 상처가 아무는 데 필요한 모든 힘은 당신 안에 있다는 진부한 말을, 나는 차마 할 수 없었다.

이즈음 잇달아 사람들의 자살 소식을 들으면서 통곡을 안으로 삼키던 그녀의 눈물이 더욱 생생하게 느껴진다. 그래서 지금 생을 마감하려는 충동에 사로잡힌 사람들에게 간곡하게 말하고 싶다.

손에 잡은 밧줄이나 모아 놓은 약들을 버리라고⋯.

세상에 남겨져 계속 살아갈 사람들의 피눈물 나는 비탄과 슬픔을 생각해서라도 뜻대로 되지 않는 삶을 이를 악물고 견디라고. 내 가족이나 친구들도 절망할 때가 있지만 조용히 아픔을 견디며 서로의 끈을 놓지 않고 살아가고 있다는 것을 다시 한번 기억하라고. 그 끈을 자르는 사람이 자기가 되지는 말자고⋯.

운명의 실타래

　아들 형제 중에 형이 상당한 부잣집 딸과 결혼하게 된 사람이 있다. 천방지축인 데다가 하고 싶은 말을 마음에 담아 놓지 못하는 동생은 그 소식을 듣고 한동안 울분을 터뜨리다가 심각한 우울증에 빠졌다.

　"자기만 알고 이기적이고 까칠한 형에게 무엇 때문에 그렇게 좋은 기회가 왔는지 이해할 수가 없다니까요."

　운이 없는 놈은 뒤로 넘어져도 코가 깨진다고 한탄하며 그는 말을 이었다.

　"내가 학교에 제대로 못 다닌 것도 다 아버지가 안 도와줘서 그렇고, 여자를 사귀기만 하면 부모가 반대해서 다 깨져 버린 것도 그렇고… 대체 부모님이 언제 한 번이라도 나를 믿고 기회를 줘 봤느냐고요. 형만 위하고 형 말만 믿었잖아요. 좋은 옷도 자전거도 형만 사 주더니 이제 운까지 형만 따라다니잖아요."

　별별 사소한 일까지 다 되살려 내며 끝탕을 하고 술을 마시며 난동을 벌여 이 집 부모가 보통 고민인 게 아니다.

　동창생 모임에서 사람들이 느끼는 제일 풀 길 없는 의문 중 하나가, 왜 나보다 공부도 못하고 예쁘지도 않은 인간이 출세했거나 잘나고 부자인 사람하고 결혼했는가 하는 점이다. 거기다 유복한 생활을 해서인지 성격까지 원만해져서 베풀기도 잘하는 바람에 인기를 끌고 있는 걸 보면 운명이라는 것을 안 믿을 도리가 없다고 말하는 사람도 있다.

바람처럼 지나가 버린 과거에 대한 후회가 당신을 새롭게 일깨워 준다면 그야 물론 나쁘지 않다. 산뜻한 커피 한잔처럼 각성제 역할을 해 줄 수도 있기 때문이다. 욕심을 좀 버리고 마음을 비워 볼 좋은 계기가 될 수도 있다.

한방에서도 아주 소량만 사용하면 몸에 극히 좋은 약초가 있다. 하지만 지나친 분량을 사용하면 치명적인 독소가 되기도 한다.

과거에 대한 후회가 지나치게 커져 우리 마음에 원망과 분노와 미움이라는 독소를 불어넣으면, 앞으로 나가려는 걸음을 절대 떼어 놓지 못하게 하는 걸림돌이 될 가능성이 아주 크다.

다른 사람의 일이 잘 풀리는 것을 보고 그저 그러려니 하고 심정적으로 덤덤하게 받아들일 수 있으면 운명의 실타래도 지금보다 수월하게 풀려 갈 가능성이 커질 수 있을 것이다.

아버지, 나를 좀 사랑해 주세요

사춘기 아들이 하는 짓 하나하나가 다 못마땅한 아버지가 소리를 질렀다.

"이놈아. 에이브러햄 링컨이 네 나이 때 어떻게 지냈는지 알기나 하냐?"

"잘 모르겠는데요."

"허튼짓은 하나도 하지 않고 그저 언제나 책을 읽고 공부와 연구에 몰두했단 말이다."

그러자 아들이 퉁명스럽게 대답했다.

"제 나이 때 어떻게 지냈는지는 모르겠지만 아버지 나이 때 대통령이 된 건 알고 있는데요."

친지를 전송하러 나갔던 공항에서 벤치에 앉아 있다가 바로 앞에 한 가족이 서 있는 모습을 보았다. 노년에 접어들기 시작한 부부와 두 아들이었다. 구김 없는 표정의 형이 유학을 떠나는 모양이었다. 자신 없어 보이고 불안하게 서 있는 청년이 동생인 듯했다. 아버지가 그 동생을 향해 못마땅한 눈초리로 혀를 끌끌 차는 장면이 눈에 들어왔다.

"어떻게 그렇게 뭐 하나 제대로 하는 게 없냐? 아니 그거 하나 제대로 못 사 와?"

공항 약국에서 무슨 약을 사 오라고 시켰던 모양이다.

"아까 소화제라고 그러서서…."

청년은 머뭇머뭇 말했다.

"관둬라. 대체 생각이라는 게 있는 놈이냐, 뭐냐. 드링크를 사 오면 어떻게 해? 형한테 줘서 보낼 건데 알약으로 사 와야지."

"전 아버지가 드시려는 줄 알고…."

"이놈아. 지금 귀한 장남이 떠나는 판에 내가 그걸 들게 생겼냐?"

"아까 좀 얹히셨다고 그러서서…."

"관둬라. 어쨌든 형이나 들여보내고 나서 다시 말하자."

공상 영화처럼 눈에서 칼날이 나온다면 아마 이러리라 싶었다. 그의 시선은 아무 관계도 없는 내 심장까지 썰늘하게 만들었다. 그러다 형을 보면서 순식간에 부드러워졌다.

"가자. 이런 일로 네가 시간에 늦으면 안 되지. 앞으로 얼마나 고생할 텐데."

형과 아버지가 나란히, 그 뒤에 어머니가, 그 뒤에 살고 싶지 않은 표정의 동생이 어깨를 늘어뜨리고 게이트로 걸어가는 모습을 보면서 안타까운 마음이 들었다.

지금 위로가 더 필요한 사람은 사실 동생이었을 텐데.

왜 그 많은 아버지가 사실은 네가 잘되기를 바라고 있다는 진심을 이야기하지 못하고 그토록 마음에 상처를 주는 방식으로 이야기하고 있을까.

그 주눅 든 눈빛이, '아버지, 나를 좀 사랑해 주세요'라고 외치고 있는 것이 어째서 보이지 않을까.

마음에 들지 않는 자녀에게 위인들이 네 나이에 무엇을 했는지 아느냐며 야단치기 전에 그들이 자신의 나이에는 무엇을 이루었는지 한 번 더 생각해 보는 게 좋지 않을까 하는 생각이 든다.

절규

소년은 외친다.

"물론 엄마야 엄마죠. 그게 어떻다는 거예요? 중요한 건 엄마가 절 사랑하느냐 안 하느냐라고요. 그런데 엄마가 절 사랑하지 않는다면 엄마라는 게 무슨 뜻이 있느냔 말이에요. 저한테 엄마로서의 정이 없는데 그까짓 엄마라는 이름만 가지고 있으면 뭘 하느냐고요? 엄마란 착한 엄마라야 하는 거고 아버지도 좋은 아빠라야 아빠인 거지. 그렇지 못하면 아무것도 아닌 거라고요."

르나르의 《홍당무》(1894)에 나오는 이 소년의 절규를 지금도 마음에 품고 사는 아이들이 상당히 많다. 어머니에게 사랑받지 못한다는 느낌은 아이들을 가장 고통스럽게 한다. 아이들은 어머니가 언제나, 곁에 없을 때조차 자기를 변함없이 사랑해 주기를 바라기 때문이다.

오래전 어린 아들을 두고 이혼한 부부가 있다.

어머니는 아이를 남편에게 맡기고 몇 년이 넘도록 나타나지 않았다. 아이는 조부모가 키웠다. 아버지는 재혼해서 외국으로 이민을 가 버렸다. 아이가 중학생이 된 어느 날 엄마가 학교에 찾아갔는데 아이는 다가오는 엄마의 시선을 피하면서 도망쳤다.

아이는 저녁때 할머니에게 말했다.

"할머니, 그 여자가 오늘 학교에 왔었어요."

"아니, 그 여자라니? 누가?"

할머니는 어리둥절했다.

아이는 대답하지 않고 자기 방으로 건너가 버렸다. 짐작이 간 할머니는 아이 방으로 따라갔다.

"혹시, 엄마가 왔었니?"

"아뇨."

아이는 책상에 앉아 책을 펴면서 할머니를 쳐다보지도 않고 대답했다.

"그럼 누가…."

아이가 갑자기 소리쳤다.

"아무튼 그 여자는 우리 엄마가 아니에요. 우리 엄마일 리가 없어요. 나를 버리고 가서 연락 한번 안 한 사람이 우리 엄마일 리가 없다고요."

과연 우리가 이 아이에게 어머니가 없더라도 마음을 단단히 먹고 성숙한 어른이 되어서 행복한 삶을 찾으라고 쉽게 조언해 줄 수 있을까?

이런 불행을 가슴에 안고 살아가는 아이들이 의외로 많다. 가장 가까워야 할 어머니가 사랑해 주지 않는다고 생각할 때 아이의 마음의 등불은 어둠 속에 잠기게 된다.

아니, 벌써?

"아이고, 네가 벌써 학교에 가니?" 하는 소리를 들은 지가 어제 같은데, "아니, 벌써 환갑이세요?" 하는 소리를 듣게 되었다고 심란해하는 친구가 있다.

우리가 살면서 듣게 되는 호칭은 실로 변화무쌍하다. '아가야'에서부터 학생, 아가씨, 이모, 엄마, 아줌마, 이러다가 드디어 대망의 '할머니' 소리까지 듣게 된다.

남자들이라고 다를 것도 없다. "이놈 장군감이로군." 하는 소리를 듣다가 학생, 총각, 삼촌, 아빠, 아저씨, 이러다가 마침내 '할아버지' 소리를 듣고 어리둥절해지는 시점까지 이른다. 어리둥절해지는 이유는 아무리 생각해도 그런 말도 안 되는 호칭이 자기를 부르는 소리일 리가 없기 때문이다.

젊은이들은 아줌마 같다거나 아저씨 같다는 소리를 들으면 보통 낙담하는 것이 아니다. 죽음을 앞둔 '안티고네'나 자기 손으로 자기 눈을 멀게 하는 '오이디푸스'의 비극도 아줌마나 아저씨 소리를 듣게 된 자기의 운명에는 미치지 못한다고 비관하기까지 한다.

초등학교 입학에서부터 이어지는 입시 준비, 입학, 졸업, 취업, 결혼, 출산, 자녀 부양, 노부모 봉양, 갱년기, 노년기, 죽음의 준비… 듣기만 해도 숨이 차고 모골이 송연해지는 인생의 전환기가 우리 앞에 줄줄이 놓여 있다.

그러고 보면 우리나라뿐 아니라 이 지구라는 곳에서 인간으로 살아가기가 쉬운 일이 아니다. 일견 평탄해 보이는 삶도 마찬가지다. 이러니 젊은이들이 점점 결혼이나 출산을 기피하는 경향을 보이는 것도 나름대로 다 이유가 있다. 하지만 겪어야 할 인생의 전환기를 거치지 않으면 더 큰 난관이 기다리고 있는 경우가 많다. 다음에 일어나는 장애물에 대처하는 데 가장 필요한 가족, 친구, 친지 같은 인간관계를 맺어 오지 못했기 때문이다.

인생의 큰 변화가 오는 시기에는 가족, 친구처럼 자신을 지지해 주는 사람들을 찾아 그 곁에 있는 것이 가장 큰 힘이 된다는 걸 꼭 기억해 두는 것이 좋다.

나이 들면서 흰머리와 주름살이 는다고 성질을 낸들 우리 몸이 '어이쿠, 우리 주인 성질이 무섭구나.' 하고 노화의 진행을 멈추는 것도 아니다. 성형하고 비싼 화장품을 쓰고 난리를 친들 그 진행을 막을 길은 없다. 조금 늦출 수는 있을지 모르지만 돈 들이고 시간 들이고 해서 늦추어 봤자 남보다 나중에 겪는 노화는 오히려 더 힘들기만 하다.

그러니 이제 자기 몸과 그만 싸우고, 천천히 서두르지 말고 자신에게 불편함을 감수할 수 있는 넉넉한 시간을 주는 것이 어떨까.

"그저, 인생에는 다 때가 있단다. 때를 놓치면 나중에 더 힘들어요."

인생의 지혜가 담긴 노인들의 이야기를 건성 듣다가는 정말 큰 코다칠지도 모른다. 젊음과 건강과 능력이 언제까지나 내 곁에 머무르는 것은 아니기 때문이다.

나는 돌아가지 않아요

내 앞에 앉은 중년 여자는 힘겹게 조용히 말문을 열었다.

그날 아침에 비가 조금씩 내렸어요. 남편은 회사에 거래처 사람이 와 있다고 하면서 바삐 차를 몰고 있었고요. 나는 회사에서 남편에게 받을 것이 있어서 함께 타고 있었어요. 횡단보도 앞에서 신호등에 걸려 차가 서 있는데, 어떤 초로의 여자하고 청년이 길을 건너고 있었어요. 청년은 양쪽 다리를 다 쓰지 못해 목발을 짚고 있는데 공중에 매달린 것처럼 힘겨워 보였어요. 어머니하고 아들인 것 같았어요. 그런데 빗물이 젖은 길이라 목발이 힘을 지탱하지 못해 청년이 길에 쓰러졌어요. 바로 우리 차 앞이었지요. 당황한 어머니가 아들의 겨드랑이에 손을 넣고 일으켜 세우려고 애를 썼지만 청년의 체구가 자기보다 더 큰 데다가 지탱할 곳이 없으니까 일으켜 세우지를 못했어요. 그러다가 신호등이 파란불로 바뀌었어요. 옆 차선의 차하고 우리 차는 그냥 서 있었어요. 그런데 갑자기 남편이 클랙슨을 눌렀어요. 사납게, 길게… 그리고 또 눌렀어요. 나는 놀라서 남편을 보았지요. 병신이 왜 아침부터 나와서 설치는 거야. 비까지 오는데. 남편은 화가 나서 이렇게 말하면서 다시 클랙슨을 누르더라고요. 여자하고 청년은 클랙슨 소리에 더 놀라고 당황해하면서 일어나 보려고 애를 썼어요. 목발 하나는 우리 옆에 있

는 차 앞에 나동그라져 있고요. 그런데도 아무도 차에서 내리지 않더라고요. 비가 와서 더 그랬겠지요. 저러다 일어서려니 하기도 했을 거고요.

그리고 내가 내렸어요. 옆 차 앞에 있는 목발 하나를 집어 들고 그 사람들에게 다가가니까 옆 차가 앞으로 달려 나갔어요. 내가 여자를 도와 청년을 일으켜 세우려고 하는데 남편은 차를 옆 차선으로 바꾸더니 앞으로 달려가 버렸어요. 달려가는 차의 뒷모습을 보면서 갑자기 왜 내가 그동안 그렇게 피곤했었는지 알겠더라고요. 모두 순식간에 일어난 일이었어요. 신호가 바뀌자 길을 건너던 중년 남자가 다가와서 어머니를 도와 청년을 일으켜 세워 주었어요. 키 작은 어머니가 고맙다고 인사를 하면서 온 세상으로부터 보호해 주려는 듯이 아들을 감싸면서 길을 건너는데, 나는 참을 수 없을 만큼 부끄러웠어요. 이 사람들이 비 오는 길바닥에 넘어져 일어서지 못하고 있는데 그 앞에서 클랙슨을 눌러 대는 남자하고 여태 한집에서 살아왔다는 게요. 남편은 나한테 더 모진 말이나 행동도 여러 번 했어요. 슬프기는 했지만 그날 아침 같은 그런 충격을 받아 본 적은 처음이에요. 그 사람 곁에 있고 싶지 않은 마음을 견디느라고 그렇게 오래 피곤했던 것 같아요. 이제 괜찮아요. 남편은 그날 무슨 일이 일어났는지 백 번을 설명해도 못 알아들을 거예요. 나는 돌아가지 않아요.

가련한 된장찌개

흥미롭게도 이즈음 결혼문제로 상담을 받으러 오는 사람들이 성격 차이라든가 복잡한 가족관계 등의 이야기를 주로 하지만, 그 밑바닥에 음식에 대한 불만들이 쌓여 있는 경우도 적지 않다.

한 젊은 회사원은 맞벌이하는 아내가 웰빙에 좋은 음식을 먹어야 한다고 주장하면서 백화점에서 국적 불명의 퓨전 식품들을 사다가 먹는 것이 너무 싫어서, 당신이 만든 된장찌개를 먹고 싶다고 했다. 과연 그날 저녁 된장찌개가 상에 올랐다.

"야, 이거 아주 맛있네."

남편은 감탄했다.

"웬일이야. 이렇게 맛있게 만들고… 언제 배웠어?"

아내는 가만있으려다 할 수 없이 머뭇머뭇 고백을 했다.

"사실은, 내가 아무리 해도 만들 수가 없어서 동네 음식점에서 사 왔어."

"아니, 뭐라고?"

남편은 수저를 딱 내려놓았다. 아내도 기분이 언짢아졌다.

"백화점 음식이 싫다면서? 그래서 회사 일 때문에 정신이 없는데도 퇴근길에 음식점까지 가서 성의껏 사 왔잖아? 뭣 때문에 고마워하기는커녕 화를 내냐고?"

"지금 그게 문제가 아니잖아."

남편이 대꾸하자 아내가 맞받아쳤다.

"그렇게 된장찌개에 관심이 많으면 자기가 만들면 될 거 아냐? 왜 내가 꼭 해야 해?"

"알았어. 이제 그만두자고…"

"아냐. 결판을 내자고. 대체 뭐가 문제야?"

"이게 찌개 문제가 아니야."

"아니 찌개 가지고 트집을 잡으면서 찌개 문제가 아니면 그럼 뭐가 문제라는 거야?"

"마음이 문제야. 당신의 그 마음이."

화가 난 남편이 소리쳤다.

대판 싸움을 한 두 사람은 마침내 같이 살 수 없다는 결론에 도달했다.

분이 풀리지 않은 두 사람은 따로 잠자리를 잡았다. 남편은 거실에서, 아내는 침실에서.

아무 잘못도 없는 가련한 된장찌개만 치우지 않은 식탁에서 혼자 식어 갔다.

나, 환갑이 지났네

얼마 전 마을버스를 탔는데 자리가 없어서 버스 중간쯤에 서 있게 되었다. 그런데 버스가 출발을 하지 않았다. 내 뒤에 탄 낡은 점퍼를 입은 쉰 살이 넘어 보이는 중년 남자와 운전기사가 시비가 붙은 것이다.

둘이 다투는 사연은 사실 별것이 아니었다. 이 남자가 지갑을 몇 번 요금기에 갖다 대었는데도 계속 안 된다는 표시가 나오자 운전기사가 한마디한 게 화근이었다.

"그 속에 카드가 없나 본데요."

그리고 이 중년 고객의 분노가 폭발한 것이다.

"사람을 뭘로 보는 거요? 내가 카드도 없는 지갑을 가지고 다니면서 사기 친다는 거야, 뭐야?"

운전기사는 피곤한 음성으로 말했다.

"아니, 안 찍히니까 그냥 말한 건데 뭘 그래요?"

차가 출발하려고 하자 그 중년 남자가 운전기사의 팔을 잡았다.

"이 차 못 떠나. 잘못했다고 사과하기 전에는 이 차 못 떠나."

"아니, 글쎄 내가 뭘 잘못했냐고?"

"사람을 무위도식하는 사기꾼으로 몬 걸 사과하라니까?"

운전기사는 잠자코 차창 앞만 내다보고 앉아 있었다.

신기한 일은 버스 안에 타고 있는 사람 중에 뭐라고 말하는 사

람도 없고 만류하는 사람도 없다는 점이었다. 내가 말했다.

"이제 그만 가시지요. 시간이 늦었는데요."

운전기사가 시동을 걸자 중년 남자가 다시 그의 팔을 잡았다.

"사과하기 전에는 못 떠나."

"그래, 알았시다. 내가 잘못했어. 잘못했다고."

"왜 반말이야? 존댓말로 다시 사과하라고…!"

운전기사가 천천히 고개를 그 남자 쪽으로 돌렸다.

"이 사람아. 내가 자네보다 나이가 적어 보이나? 나 환갑이 지났네."

갑자기 중년 남자가 조용해졌다. 그제야 승객들이 하나둘씩 소리쳤다.

"빨리 갑시다. 이거 뭐 하는 겁니까."

운전기사는 시동을 걸고 중년 남자도 이제는 더 방해하지 않았다.

운전하는 기사의 뒷머리가 희끗희끗했다. 어깨를 축 늘어뜨리고 운전하는 기사의 뒷모습을 보면서 마음이 안쓰러웠다. 시달리고 지친 사람에게 다른 시달리고 지친 사람이 꼭 시비를 걸어야 하는 걸까.

인생이 공정해야 한다고 믿는 사람들이 더 화를 잘 내는 경향이 있다. 불공정한 대우를 받는 자신의 삶에 너무 분노하고 있어서 주위에서 일어나는 일상적인 여러 가지 일들을 있는 그대로 받아들이기 어렵게 되기 때문이다.

운전석 뒷자리에서 표정 없이 손잡이를 쥐고 서 있는 중년 남자의 얼굴에도 분노가 사라지고 서글픈 비애만 엿보였다.

달려가는 작은 버스 안에서 사람들은 아무 말 없이 묵묵히 앉아 있었다.

에필로그

격전지에서 돌아오지 못한 절친한 친구를 찾아 전장으로 되돌아갈 것을 허락해 달라는 병사에게 장교는 고개를 저었다.

"허락해 줄 수 없다. 죽었을지도 모르는 사람 때문에 네가 생명의 위험을 무릅쓰게 할 수는 없다."

병사는 말없이 나가더니 한참 후에 부상을 입은 채 동료의 시체를 업고 돌아왔다.

장교는 크게 화를 냈다.

"그가 죽었을 거라고 하지 않았나. 생명을 걸고 부상을 입으면서 시체를 가져온 게 누구에게 무슨 도움이 되지? 대체 살리지도 못했으면서 무슨 가치가 있는 일을 했다는 거야? 자네는 그렇게 믿고 있나?"

기력이 진한 병사는 쓰러지면서 말했다.

"그렇습니다, 장교님. 내가 친구를 발견했을 때 그는 아직 살아 있었습니다. 그리고 숨을 거두기 전에 이렇게 말했습니다. '네가 와 줄 줄 알았어'라고요."

　사람들이 결혼해서 가족을 구성할 때 배우자에게 바라는 점은 바로 이것일 것이다. 위험한 상황에서 지치고 따돌림을 받고 있을 때 나를 외면하지 않고 찾아와 줄 수 있는 한 사람. 그런 사람을 갖고 싶어 우리는 심신의 부담을 무릅쓰고 결혼하는 것이 아닐까.

　과연 나는 가족에게 그런 믿음을 지니고 있는가?
　과연 가족도 내게 그런 믿음을 지니고 있는가?

　상대방에게 백 가지 약점이 있더라도 내가 애타게 기다리고 있을 때 찾아와 주리라는 믿음이 있다면 더 이상 두려울 게 없을 것이다.

행복의 선택
재개정판

초판 1쇄 펴낸날 2010년 10월 20일
재개정판 1쇄 펴낸날 2025년 12월 20일

글 우애령
그림 엄유진

펴낸이 조현주
펴낸곳 도서출판 하늘재

편집 구상나무
디자인 유나의숲

등록 1999년 2월 5일 제20-140호
주소 서울시 양천구 목동동로 293 2215-1호
전화 02-324-2864
팩스 02-325-2864
이메일 haneuljae@hanmail.net

ISBN 978-89-90229-49-6 03810

값 17,000원

ⓒ 2025, 우애령, 엄유진